蘭方医・宇津木新吾

友情

小杉健治

双葉文庫

目次

蘭方医・宇津木新吾　友情

第一章　捕縛

一

天保《てんぽう》三年（一八三二）五月八日。

昼過ぎに、宇津木新吾《うつぎしんご》は松江《まつえ》藩の上屋敷を出た。

雨雲が重たく垂れ込めていて、辺りは夕暮れのように薄暗かった。妙に落ち着かない気分だ。なんとなく心が騒ぐ。

新吾は七十俵五人扶持《ぶち》の御徒《おかち》衆田川源之進《たがわげんのしん》の三男である。家督は長兄が継ぎ、次兄は他の直参に養子へ行った。

新吾は医者の宇津木順庵《じゅんあん》に乞われて養子になった。順庵は新吾を長崎《ながさき》に遊学させてくれた。実際に遊学の掛かりを出してくれたのは岳父《がくふ》の上島漠泉《うえしまばくせん》だった。

今二十七歳の新吾は松江藩の抱え医師をしながら、養父順庵とともに医業を続けていた。

松江藩には早朝から昼まで勤めることになっている。

三味線《しゃみせん》堀を通り、向柳原《むこうやなぎはら》から神田川《かんだがわ》にかかる新《あたら》シ橋《ばし》に差しかかった。

橋を渡りかけたとき、柳原の土手を大川《おおかわ》のほうに向かう男女を見た。男は小柄で、三十半ば過ぎ。

「次郎吉《じろきち》さん」

新吾は思わず口にした。

次郎吉はかつて大名屋敷や大身の旗本屋敷を専門に荒らしていた盗賊のねずみ小僧だった。

二カ月前の三月、次郎吉は松江藩の上屋敷へ忍び込んで失敗。警護の侍に左腕を斬られ、命からがら逃亡。

そして、深川常盤町《ふかがわときわちょう》にある村松幻宗《むらまつげんしゅう》の施療院に駆け込み、養生をしていた。

村松幻宗は新吾が師と仰いでいる医師だ。

新吾は長崎遊学から帰って村松幻宗に出会った。幻宗は患者から一切薬札をとらず、貧富や身分に拘《かかわ》らず、患者には皆対等に接した。そんな幻宗に、新吾は自分の理想とする医師の姿を見たのだ。

幻宗は長崎留学中の新吾の師であった吉雄権之助《よしおごんのすけ》の父吉雄耕牛《こうぎゅう》が開いた家塾『成秀館《せいしゅうかん》』で蘭語と医学を学んだ。そして、新吾は一時期、幻宗の施療院で医師として働き、幻宗の薫陶を受けた。施療院を辞めたあとも、ときたま幻宗に会いに施療院に顔を出している。それで、左腕を斬られて養生をしている次郎吉を知ったのだ。

その後、次郎吉とは気が合い、次郎吉は自分の素性を新吾には明かし、新吾は次郎吉に盗みから足を洗うことを約束させた。

その次郎吉が深刻そうな顔で歩いていた。隣にいる女は二十七、八歳で、女もまた深刻そうな雰囲気だった。

次郎吉には女房や妾《めかけ》が何人もいたらしい。すでに全員と手が切れているようで、今次郎吉が付き合っているのは高砂町《たかさごちょう》に住む後家のおせつだ。ときたま、この女の家に上がり込んでいることを、新吾は知っている。

今、次郎吉といっしょにいるのはかつて関わりのあった女だろうか。

途中でふたりは立ち止まり、次郎吉が女にしきりと何か言っている。女は俯《うつむ》いていた。おせつ以外にも次郎吉には女がいたのか。

気になったが、しゃしゃり出て行くわけにはいかず、新吾は小舟町《こぶなちょう》の家に帰った。

通い患者が戸口の前に並んでいた。松江藩抱え医師の看板のためだけでなく、安い薬札で療治《りょうじ》をするので、患者は増えていた。

新吾は家族用の戸口から家に入った。医者は養父順庵と新吾の他に見習い医師をふたり抱えていた。

順庵は往診に出ていて、見習い医師ふたりが患者の療治をしていた。見習いといっても、ふたりともそれなりの腕を持っていた。ただ、難しい診断は順庵か新吾が行った。

急いで昼餉《ひるげ》をとり、新吾は患者の療治に当たった。たとえ金のない患者でも丁寧に診た。ほんとうは幻宗の施療院のように、すべての患者から金をとらずに療治を行いたいが、それでは医者として立ち行かないので僅かながら金をとっている。

夕方、その日の診療を終えて、新吾は部屋に戻った。

妻の香保《かほ》がついてきたが、なんとなくだるそうな感じだった。

「どうした？」

新吾は心配してきいた。

「いえ、だいじょうぶです」

香保は微笑《ほほえ》んで言う。

「そうか。これから幻宗先生のところに行ってくる」

新吾は言い、香保に見送られて小舟町の家を出た。

伊勢町《いせちょう》堀を日本橋川《にほんばしがわ》のほうに行きかけたとき、堀端の柳の木の陰に小柄な男が堀を向いて立っているのに気づいた。

「次郎吉さんじゃありませんか」

新吾は近づいて声をかけた。

次郎吉は振り向いた。

「どうしたんですか。こんなところで？　ひょっとして私のところに？」

「へえ」

次郎吉は小さな顔を向けて言う。

「別に用があったわけじゃないんです。ただなんとなく、宇津木先生の顔を見たくなりましてね」

素朴な顔だちだった。十年間も盗みを続けながら一度も捕まったことがないという希代の盗人の面影はない。

「すぐ来てくだされればよかったのに」

「いえ、わざわざお訪ねするような用事があるわけではないので迷ってました」

「でも家の前まで来たのですから。何かあったのですか」

新吾は昼間柳原の土手で見かけたことを思いだした。

「いえ、別に」

次郎吉は首を横に振る。

「なんでも仰《おつしや》ってください」

「ほんとうになんでもないんで。ただ、無性にお顔が見たくなりましてね」

「……？」

「この天気のせいですかねえ」

次郎吉は言い訳のように言う。

「次郎吉さん、やはり何かあったんじゃありませんか」

新吾は問い詰めるようにきく。

「なんでもありませんよ」

よほど、昼間会っていた女のことをきこうとしたが、喉元で声を呑んだ。

「かえってよけいな心配をさせてしまったようで申し訳ありません。正直言うと、こんなじめじめした陽気のせいか、気が滅入ってしまいまして。このまま、無事にいけるのだろうかと不安になったりして。宇津木先生の顔を見れば、気が晴れると思ったんです」

　次郎吉はしみじみと言う。

「次郎吉さんはもう二度とばかな真似はしないと誓ったんです。生まれ変わったのですから、明日を見つめて」

　過去の盗みの記憶が次郎吉を苦しめているのかと思い、新吾は言う。

　松江藩上屋敷に忍び込んで見つかって斬られたのは、もう足を洗えという天の忠告だと言い、ねずみ小僧の引退を勧めたのだ。

　だが、岡っ引きの升吉《ますきち》が次郎吉はねずみ小僧ではないかと目をつけている。証がないから黙って見ているだけだが、そのことも次郎吉には気がかりなのかもしれない。

「そうですね」

　次郎吉は人懐《ひとなつ》こい笑みを浮かべ、

「やはり、お会い出来てよかった」

　と、口にした。続けて、

「先生はこれからどちらに？　ひょっとして深川ですか」

　と、きいた。

「ええ。幻宗先生のところです」

「そうですか。そいつはちょうどよかった。じつは、あっしも宇津木先生の家を訪ねたあとに幻宗先生のところに行くつもりだったんです」

「そうですか。では、ごいっしょに」

新吾は誘った。

「いいえ、幻宗先生への言伝《ことづて》をお願いしてよろしいでしょうか」

「ええ、構いませんが、どうせならいっしょに行きませんか」

「いえ、言伝だけお願い出来ますか」

次郎吉は哀願するように言う。

「わかりました」

「ありがとうございます。じつは、あの施療院に荷物を預けているんです」

「どんな荷物ですか」

初耳だった。

「両手で持てるのですが、かなり重いものです。もし、施療院で使っていただけるなら、そうしてもらいたいとお伝え願います。怪我を治してもらった御礼です。施療院で役立ててくれと」

「なぜ、ご自分で言わないのですか」

「あっしが言っても、幻宗先生は素直に聞きいれないでしょうから」

「ええ、幻宗先生は御礼など受け取りません」

「ですので、宇津木先生にお願いを」

改めて、物は何かときこうとしたが、

「じゃあ、あっしは」

と、次郎吉は一方的に切り上げ、別れの挨拶《あいさつ》をして引き上げて行った。

新吾はその背中を見送りながら、不審を持った。そのあとで、微かに不安が萌《きざ》した。

それから四半刻（三十分）後、小名木川《おなぎがわ》にかかる高橋《たかばし》を渡って常盤町二丁目の角を曲がった。

青物屋、惣菜屋、米屋など小商いの店が並ぶ通りが途切れ、やがて今までと雰囲気が違う場所に出て来た。狭い間口の二階家が並び、戸口に商売女の姿がちらほら見える。軒行灯《のきあんどん》に灯が艶っぽく輝き出していた。

新吾がはじめてこの道に入ったのは文政《ぶんせい》十一年（一八二八）三月、枝垂《しだ》れ桜が盛りを迎えていた頃だった。

さらに古ぼけた家並みが続き、空き地の先に大名の中屋敷の塀が見える。その手前に、掘っ建て小屋と見紛《みまが》う大きな平屋があり、庇《ひさし》の下に『蘭方医幻宗』と書かれた木の札が下がっていた。

施療院の土間に入る。通い患者の履物は少なくなっていた。

新吾は黙って上がり、療治室のほうに向かう。

幻宗はまだ通い患者を診ていた。

新吾は庭に面した廊下に行く。いつも幻宗が座る場所の近くに座った。紫陽花《あじさい》が色鮮やかだ。

やがて、幻宗がやって来て廊下に胡座《あぐら》をかいた。

「お邪魔《じゃま》しています」

「うむ」

幻宗は鷹揚《おうよう》に言う。黒い顔で、目が大きく鼻が高い。四十歳は過ぎているが、肌艶もよく、若々しい。

おしんが湯呑みに並々と酒を注いで運んできた。

「どうぞ」

幻宗の横に置く。

幻宗は黙って頷《うなず》き、湯呑みを摑んだ。

仕事を終えたあと、幻宗は庭を見つめながら湯呑み一杯の酒を呑んで疲れをとるのが習いであった。

ありがたそうに両手で湯呑みを包み、そっと一口すすった。

「落ち着いているか」

幻宗はきいた。

「はい」

松江藩のことだ。世継ぎ争いや抜け荷騒動など、松江藩はこれまでに何かと騒がしかった。それらもすべて解決し、今は平穏を取り戻している。

「それは結構」

幻宗は頷く。

「先生、ちょっとお訊ねしてよろしいでしょうか」

「何だ」

「次郎吉さんから何か預かっているのですか」

新吾は確かめるようにきいた。

「そのようだ。おしんが預かった」

幻宗は答えてから、

「それがどうかしたのか」

と、微かに眉根を寄せてきいた。

「ここに来る前に会いました。預けてあるものは御礼の意味があるので、施療院で使っていただきたいと言ってました」

「なに、ここで使えと？」

幻宗は厳しい声でききで返した。

「はい。物はなんでしょうか。かなり、重いものだそうですが」

「待て」

幻宗はいきなり立ち上がって、

「おしん」

と、大声で呼んだ。

すぐにおしんが飛んできた。

「おしん、いつぞや次郎吉から物を預かったと言っていたな」

「はい」

「物は何か聞いているか」

「いえ」

「どこにある？」

「納戸部屋です」

「案内してくれ」

「はい」

おしんは先に立った。

新吾もあとに従い、台所に近い納戸部屋に向かった。

おしんが部屋に入り、行灯に灯を点ける。

箪笥《たんす》や火鉢などと並んで、大きな唐草模様の風呂敷に包まれた荷物があった。

「解《ほど》いてみろ」

「はい」

新吾は風呂敷の結び目に手をかけた。

解くと樽酒の樽が現われた。

「蓋を」

「はい」

新吾は蓋を外した。

「あっ、これは」

酒樽の中に小判が入っていた。

「やはり金か」

幻宗がため息をつく。

「数えてみます」

すべて出して数えた。

「一千両です」

数え終えて、新吾は唖然として言う。

おしんが目を丸くした。

「御礼だと。ふざけた真似を」

幻宗は顔をしかめた。

「傷を治してもらったことの礼だけではなく、貧しいひとたちを助ける先生に感銘を受けて応援したいと思ったのでしょう」

新吾は次郎吉の思いを代弁する。

「受け取るわけにはいかぬ」

幻宗は断固拒否の姿勢を示した。

「そなたから返してもらいたい」

「でも」

「あまりにも多額だ。それに」

幻宗は続けた。

「この金はねずみ小僧として次郎吉が十年にわたって盗んできたものではないか。そのような金を病人に使うわけにはいかぬ」

「確かに盗んだものでしょう。でも、次郎吉さんの肩を持つわけではありませんが、大名や大身の旗本から盗んだものです。盗まれて困るような相手からは盗んでいません」

新吾は異を唱えた。

「どんな相手からだろうが盗みは盗みだ。だが、その善悪は別として、こつこつと貯めてきたものをあっさり手放すことが気にくわん。まるで、これ以上生きていけないと思っているかのようだ」

「……」

新吾ははっとした。

「おそらく、堅気《かたぎ》になるための元手として貯めてきたものであろう。次郎吉に自分のために使えと言うのだ。わしが心配したのは」

幻宗は暗い顔をし、

「次郎吉は何らかの理由で、この金を使う必要がなくなったのではないかということだ」

次郎吉は、ねずみ小僧をやめると約束したのだ。だとしたら、今後はこの金が次郎吉にとって大事な暮らしの糧になる。

新吾は次郎吉の不審な様子を思いだした。

「もしかしたら」

新吾はある想像をした。

「次郎吉さんは升吉親分にも目をつけられています。証がないから捕まえられないだけで、常に見張られているようです。升吉親分が次郎吉さんの長屋をいつ家捜しするかもしれない。もし、この一千両を持っていたことがわかったら、その金の出所を追及されてしまいます」

新吾は付け加えた。

「次郎吉さんにとっては使えない金ということになります。それだったら、先生に生きた金の使い道をしていただきたいと思ったのではないでしょうか」

新吾は訴えた。

「ともかく、一千両を預かっている。次郎吉に引き取りに来るように言うのだ」

幻宗は厳命した。


翌朝、新吾は小舟町の家を早めに出て、浜町《はまちょう》堀のそばの高砂町に向かい、おせつの家に寄った。

格子戸を開け、奥に呼びかけた。

おせつが出てきた。

「すみません。次郎吉さんはいらっしゃいますか」

「いえ」

おせつは顔色を変え、

「次郎吉さんに何かあったのですか」

と、きいた。

「いえ、至急お会いしたいことが出来まして」

新吾はおせつの不安そうな顔を見て、

「次郎吉さんに何か不安に思っていることでもあるのですか」

と、きいた。

「いえ。ただ、ちょっと気弱なことを口にしていたことが気になって」

「気弱なこと？」

「ええ。最近、いやな夢を見ると」

「どんな夢ですか」

「言いませんでした。ただ、俺にはおまえが最後の女だと。なんだか、今生《こんじょう》の別れみたいなので、不吉なことを言わないでおくれと言ったんですが」

と言って、おせつはため息をついた。

「そうですか。次郎吉さんは少し疲れているのかもしれません。もし、会ったら、私が会いたがっていたと伝えてください」

新吾はそう言い、おせつの家を辞去した。

それから、浅草《あさくさ》御門を抜けて元鳥越町《もととりごえまち》にやって来た。

長屋木戸を入り、次郎吉の住まいの前に立った。

「次郎吉さん」

声をかけて戸を開けたが、次郎吉はいなかった。

柳原の土手でいっしょだった女のところに行ったのか。あのときのふたりの様子を思い浮かべ、新吾は不安な気持ちのまま、鳥越神社の前を過ぎ、武家地を通り、三味線堀に出て、松江藩上屋敷に着いた。

二

松江藩の抱え医師は殿様や奥向きを受け持つ近習医《きんじゅい》、家老、年寄、用人などの上級藩士を診る番医師《ばんいし》、そして下級武士、すなわち勤番長屋に住む江戸詰の藩士及び中間《ちゅうげん》・小者《こもの》の治療をする平医師《ひらいし》とに分かれている。新吾は番医師である。

新吾は御殿の中にある番医師の詰所に行った。

同じ番医師の麻田玉林《あさだぎょくりん》が茶を飲んでいた。四十年配で顎鬚《あごひげ》を伸ばした熟練の漢方医だ。

「お早うございます」

新吾は挨拶をする。

「おう、宇津木どの。聞いたか」

いきなり、玉林が口にした。

「何をですか」

新吾はきき返す。

「ねずみ小僧のことだ」

「ねずみ小僧？」

胸の鼓動が早まって、

「ねずみ小僧がどうかしたのですか」

と、新吾は震える声できいた。

「昨夜、とうとう捕まったそうだ」

「えっ」

「浜町の上州《じょうしゅう》小幡《おばた》の中屋敷に忍び込んだところ、厠《かわや》に起きた藩主が気づいて騒ぎになったそうだ」

玉林は興奮した様子で続ける。

「ねずみ小僧が塀を乗り越えて外に逃げたとき、たまたま通り掛かった同心が捕まえたということだ」

「何という同心なのですか」

新吾はきいた。

「いや、そこまでは聞いてない」

おそらく、南町の定町廻《じょうまちまわ》り同心津久井半兵衛《つくいはんべえ》だろう。浜町を管轄しているのは津久井半兵衛だし、手札を与えている岡っ引きの升吉ともども、次郎吉に目をつけていたからだ。

「ねずみ小僧に間違いないのですか」

新吾はきいた。

「辻《つじ》番所の者は、同心がそう言っていたと話していたそうだ」

「そうですか」

「どうした？　ねずみ小僧と何か関係があるのか」

「ねずみ小僧はこの屋敷に忍び込んだ賊ですからね」

新吾は疑いを逸《そ》らすように言う。

「そうだったな」

「そのときも賊の顔を見ていた者はいなかったんです。今まで。誰も正体を見たことがないのに、どうしてねずみ小僧とわかったのかと思いましてね」

「そうだな」

「それに、十年も捕まえることが出来なかったのに、ずいぶんあっさりお縄になったものだと」

新吾は疑問を口にした。

「大物の最後は、案外そんなものかもしれないな」

玉林は悟ったように言う。

ほんとうに次郎吉が捕まったのか、今すぐにでも確かめに行きたかったが、詰所を出て行くわけにもいかず、焦燥《しょうそう》に耐えるしかなかった。

昼になって、葉島善行《はじまぜんこう》というもうひとりの番医師がやって来た。善行はいつもは昼から詰めることになっている。三十代半ばで、顔が小さく顎が尖っている。

「それでは私は」

新吾はふたりに挨拶をして詰所を出た。


新吾は浜町にある小幡藩松平《まつだいら》家の中屋敷の前にやって来た。すると、岡っ引きらしき男が塀の内側から松の枝が外に向かって伸びているところにいた。おそらく、次郎吉が忍び込んだ場所だろう。

立ち止まると怪しまれるので、新吾はそのまま素通りした。新吾が気にしたように塀の外は一本道だ。塀の上から当然、歩いてくる人影には気づくはずだ。

やはり、同心は次郎吉が塀を乗り越えてくるのを待ち伏せていたのではないか。新吾はますます疑惑を深めた。

それから、浜町堀に接している高砂町のおせつの家に寄った。

格子戸を開けると、おせつが飛び出してきた。

「あっ、宇津木先生」

おせつはへなへなと上がり框《がまち》の近くにしゃがみ込んだ。

「次郎吉さんに何かあったそうですね」

新吾はそうきいた。

「昨夜、捕まったそうです」

おせつが泣きそうな顔で言う。

「誰から聞いたのですか」

「さっき升吉親分が来たんです」

「升吉親分が？」

「ええ。次郎吉が盗みに入って捕まった。おまえさんは次郎吉から何か預かっていないかと」

「預かる？」

金のことかもしれないと思った。

「預かっていないと言ったら、疑わしそうでしたが、いいか、次郎吉から何か預かっていたら、おまえも同罪になるから正直に言えと脅されました」

「何も預かっていなかったんですね」

「それが……」

「何か預かったんですか」

「文を」

「文？」

新吾はきき返した。

「ええ。三日前に次郎吉さんが封をした文を私に」

「三日前ですか。なんの文だったのですか」

新吾はきいた。

「そのときは何も言いませんでした。ただ、万が一のときのためにとっておけと」

「万が一？　で、文を開いたのですか」

「はい。升吉親分に脅されたので、文を渡したんです。升吉親分が開いて、これは去り状だと」

「去り状？」

「はい。連座で罪を問われないように、離縁したことにしたのだと」

次郎吉は捕まるかもしれないと思っていたのだろうか。だから、おせつに累《るい》が及ばぬよう去り状を渡していたのだ。

「もし、次郎吉との関係を調べに奉行所から誰かやって来たら、これを見せて、次郎吉とは縁が切れていると言うのだと、升吉親分が」

「升吉親分がそんなことを？」

新吾はおやっと思った。

次郎吉を捕まえた同心が津久井半兵衛なら、その手札をもらっている升吉がおせつを取調べるはずだ。

「升吉親分の他にはまだ誰も来ていないんですね」

「ええ、誰も」

「升吉親分は、最初に次郎吉さんがどうしたと言ったのでしたっけ？」

新吾は改めて確かめた。

「次郎吉が盗みに入って捕まった、と」

「盗みに入って捕まったと言ったんですね」

津久井半兵衛と升吉が捕まえたなら、そんな言い方はしないだろう。次郎吉を捕まえたのは津久井半兵衛ではないのか。

「どうして、次郎吉さんは盗みなどしたのでしょうか」

おせつはきいてきた。

「さあ」

足を洗うと言っていたのだ。その言葉に嘘はなかったはずだ。

「次郎吉さんが捕まって辛いでしょうが、升吉親分が言うように、これからは何があっても次郎吉さんとは縁が切れているということで押し通してください」

「はい」

おせつは涙ぐんで答えた。

「また、来ます」

「あっ、お待ちください」

おせつが呼び止めた。

「次郎吉さんはどうなるのでしょうか」

おせつは次郎吉がねずみ小僧であることを知らないのだ。

「次郎吉さんは浜町にある大名の中屋敷に忍び込んだそうです。おそらく、他にも余罪があるでしょうから、重い罪になるかもしれません」

「……」

おせつは声を失っていた。

「次郎吉さんはあなたを巻き添えにしないように、あえて去り状を書いたのです。次郎吉さんがあなたを守ろうとした思いを、しっかりと受け止めてください」

「……」

おせつは半ば放心状態だった。

新吾は声をかけ、

「気をしっかり持ってください」

「また、来ますから」

と言い、外に出た。

新吾は高砂町の自身番《じしんばん》に寄り、

「升吉親分はここに寄りましたか」

と、きいた。

「いえ、まだですが」

詰めている家主が答えたとき、その家主があっと声を上げた。

「親分が」

新吾が振り返ると、升吉がやって来た。

「おや、宇津木先生じゃありませんか」

升吉が意外そうな顔をした。

「親分を捜していたんです」

新吾が言うと、升吉は頷き、

「次郎吉の件ですね」

と、口にした。

「捕まったと聞きました」

「ええ」

「捕まえたのは津久井さまではないのですか」

新吾は肝心なことをきいた。

「町廻りの大石杢太郎《おおいしもくたろう》さまだ」

升吉は唇をひんまげた。

「大石杢太郎さまの管轄は？」

「本郷《ほんごう》や小石川《こいしかわ》のほうだ」

「どうして、大石さまが管轄外のところで？」

新吾は口にする。

「小石川でひとを殺した男が、浜町の武家屋敷の中間部屋に潜んでいるらしいというので、あの辺りを張っていたそうです」

升吉は忌ま忌ましげに言う。管轄外の同心に次郎吉を挙げられたことが悔しいようだ。

「今、次郎吉さんはどちらに？」

「サンシの番屋《ばんや》です」

本材木町《ほんざいもくちょう》三丁目と四丁目の間にある大番屋だ。

「次郎吉さんに会うのは無理でしょうか」

「無理ですね」

升吉は言ってから、

「今、津久井の旦那が大石さまから事情をききに大番屋に行っています。ここで落ち合うことになっています」

「津久井さまはここにいらっしゃるのですね」

「ええ」

新吾は迷った。早く帰って診療に当たらなければならない。しかし、次郎吉のことも気になった。

「宇津木先生。夜にでも詳しい事情をお話しに行きますよ。津久井の旦那もいくつかお訊ねしたいことがあるそうですから」

「わかりました。お願いいたします」

新吾は升吉と別れ、小舟町の家に帰った。

三

その夜、順庵は酒を呑みながら、上機嫌で昼間の往診先について話した。

「日本橋通南《とおりみなみ》二丁目にある『夕顔堂《ゆうがおどう》』という菓子舗の隠居だ。ひと月前から往診している。なあに、病は快方に向かっている。それより、驚いたのは最近になって急に客が増えて大繁盛していることだ。客には大名家も多いそうだ。いったい、何があったのだと思う？」

順庵は一呼吸置いて、

「そこの娘は評判の器量よしだそうだ」

と、付け加えた。

「ひょっとして、その娘さんがどなたか有力者に見初《みそ》められたのでは？」

新吾は、口にした。

「そうだ。よくわかったな」

順庵は言う。

新吾は中野石翁《なかのせきおう》を思いだしていた。

中野石翁は十一代将軍家斉《いえなり》公がお気にいりの側室お美代《みよ》の方の養父である。もともと五百石の旗本であったが、御小納戸頭取、新番頭格として家斉公の側近を務めた。才知に長《た》け、風流を解し、世事にも詳しく、それだけでも家斉公から気に入られていたが、お美代の方の養父ということもあって、特に目をかけられた。

石翁は隠居をした今でも家斉公の話し相手として自由に登城することが許されている。向島《むこうじま》の別荘には大名や旗本、商人《あきんど》などが毎日のように押し寄せ、賄賂《わいろ》を贈って自らの心証をよくしようとしている。

「じつは『夕顔堂』の娘は西丸老中の水野忠邦《みずのただくに》さまのお屋敷にご奉公していて見初められたそうだ。いずれ、本丸の老中にもなろうというお方だ。そのうち、大名屋敷でふるまわれる菓子はどこも『夕顔堂』のものということになりかねんな」

順庵はうれしそうに言う。

「ほんとうに今の世の中は賄賂でどうにでもなってしまうんですね」

養母《はは》が呆れたように言う。

「水野さまも賄賂を使って今の地位を……。おっといけない。口は災いの元」

順庵はあわてて手で自分の口を塞ぐ真似をした。

そのとき、格子戸の開く音がした。

「どなたかしら」

香保が立ち上がった。

「津久井さまだったら客間にお通しして」

新吾は声をかける。

「わかりました」

しばらくして、香保が戻ってきた。

「津久井さまと升吉親分です」

新吾は客間に急いだ。

津久井半兵衛と升吉が並んで座っていた。

「お待ちしておりました」

新吾はふたりの顔を交互に見て、

「次郎吉さんの様子はいかがですか」

と、さっそく切り出した。

「素直です」

半兵衛は答えた。

「ねずみ小僧であることを認めているのですか」

「認めています」

「どういう状況で捕らえられたのでしょうか」

新吾は畳みかけるようにきく。

「昨夜、浜町の上州小幡藩の中屋敷に藩主松平忠恵《ただしげ》公が泊まっておりました。夜中に異変に気づいて目を覚まし、近習の者に調べさせたところ、賊が侵入していたことがわかった。賊は気づかれたと察して逃げだし、塀を乗り越えて外に出た。そこに、たまたま通り掛かった大石杢太郎どのが賊を捕らえた。すると、次郎吉だったというのです」

半兵衛が大石杢太郎から聞いたという話をした。

「大石さまは次郎吉のことを知っていたのですね」

「あっしが次郎吉がねずみ小僧ではないかと疑ったって話を、大石さまにしたことがあるんです。それから、大石さまも次郎吉に目をつけていました」

升吉が口を入れた。

「そうですか」

新吾は頷いて、

「なぜ、小幡藩の中屋敷に忍び込んだのか、次郎吉さんは何と言っているんですか」

と、気になっていたことをきいた。

「金が欲しかったそうです」

半兵衛が答える。

「金……」

嘘だと思った。幻宗の施療院に一千両近く預けてある。金のためとは思えない。

「それから、なぜ大石さまが、浜町にいたんでしょうか。ひと殺しの下手人が浜町の武家屋敷の中間部屋に潜んでいるというので探りにいったということだそうですが」

升吉の顔を見てから、新吾は半兵衛にきいた。

「そうです」

「それにしても、ずいぶん偶然過ぎるような気がしますが」

疑問を口にする。

「大石どのにツキがあったということでしょう」

半兵衛はあっさり言う。

「では、追っていた下手人はどうなったのでしょうか」

「ねずみ小僧の捕縛のほうが衝撃は大きいから、そっちのほうは後回しになったのでしょう」

新吾は首をひねった。

「宇津木先生はこの捕り物に何かひっかかるんですか」

升吉がきいた。

「ええ、あまりにも偶然過ぎますので。ねずみ小僧は塀を乗り越えるとき、辺りに目を配っているはずです。どうして、ひとが歩いてくるのに気づかなかったのでしょうか」

「二カ月前には松江藩の上屋敷に忍んで気づかれ、左腕を斬られましたよね。幻宗先生のところで治療を受けている次郎吉がねずみ小僧だという証拠はなく、そのまま見過ごしてきましたが、結局、ねずみ小僧は年貢の納めどきだったってことでは」

升吉が悟ったように言う。

「そうですね」

新吾はこれ以上はこの話題に触れないことにした。

「これから、私からおききいたします」

半兵衛が口調を改めた。

「次郎吉がねずみ小僧であることを、先生は知っていたのですか」

「最近知りました」

新吾はとぼけた。

「どうしてお知りに?」

「次郎吉さんが自分で話したんです。もう、盗みから足を洗うと。松江藩の上屋敷に忍んで失敗したことで、限界を感じたそうです」

「なぜ、知ったときに、我らに教えていただけなかったのでしょうか」

半兵衛は抗議をするように言う。

「私は次郎吉さんからそう聞きましたが、それがほんとうのことかどうか、私には調べることは出来ません」

「次郎吉が嘘をついていると?」

「そういうことも考えられます」

「なぜ、嘘をつかなきゃならないんですか」

升吉がまた口をはさんだ。

「見栄《みえ》ですよ」

新吾は言い切る。

「見栄？」

「次郎吉さんは自分を大きく見せたかったのかもと。津久井さまと升吉親分は怪我が治った次郎吉さんをねずみ小僧の疑いで調べたことがありましたね。あとで、こう仰っていました。十年間も盗みを働き続けたにしては、あの男は迫力にかけると。あの男は大それたことの出来るタマじゃないとも」

「……」

半兵衛と升吉は顔を見合わせた。

「そういう劣等感から、あんなことを言いだしたのかもしれないと思ったのです」

「そうですか」

ふたりはそれ以上は追及しなかった。

「ところで、次郎吉から何か預かってはいませんか」

半兵衛が新たに問いかけてきた。

「いえ、何も」

おせつから聞いていたので、新吾はあわてることはなかった。

「幻宗先生のところはどうでしょうか」

「何も預かってはいないと思いますが。いったい、何を？」

とぼけて、きき返す。

「盗んだ金です」

「金ですか」

新吾は知らない振りをして、

「どうして、他人に預けていると思ったのですか」

と、逆にきく。

「大石どのが元鳥越町の長屋を調べると、床下に隠した形跡があったが、金はどこにもなかったということです。それで、どこかに移したのではないかと」

半兵衛は言う。

「それはおかしいですね」

新吾はあえて言う。

「何がですか」

「なぜ、次郎吉さんはお金を隠さねばならないんですか」

新吾はわざと不思議そうにきいた。

「自分が捕まるかもしれないと思っていたのではないでしょうか」

「捕まったら、次郎吉さんは重い罪になるのでは？」

「ええ、二度と娑婆《しゃば》には戻れません。おそらく死罪でしょうから」

半兵衛ははっきり言う。

「ならば、お金を隠しても次郎吉さんにとっては何の得にもなりませんね」

新吾は説くように言う。

「捕まることを恐れたというより、自分がねずみ小僧だと目をつけられたからかもしれません。いつ長屋に踏み込まれるかもわからない。でも、金がなければ、なんとでも言い訳が出来る。そう考えたのでは」

半兵衛は答える。

「いったい、どのくらいの金があったと考えているのですか」

「十年間ですからね。おそらく、二千両ぐらいは盗んでいるでしょう。そのうちの半分ぐらいは貯めていたのではないでしょうか」

「一千両ですか」

半兵衛の推量は間違っていなかった。

「次郎吉さんの長屋を強引に調べようという動きはあったのですか」

新吾はきいた。

「いえ、そこまでするつもりはありませんでした。ただ、次に何か怪しい動きをしたら、踏み込むことになったでしょう」

「次郎吉さんはもう盗みから足を洗うと言っていたんです。それなら、疑われることもないので、金を移す必要はなかったはずですね」

「ええ。ところが、また盗みを働きました」

「そこが不思議なんです。なぜ、もう一度、盗みを働いたのか」

新吾は疑問を投げかけた。

そして、少し間を置いて言った。

「ほんとうに金のためだったのでしょうか」

「どういうことですか」

半兵衛はきき返す。

「中屋敷に忍び込んだ理由は別にあったのでは？」

「どんな事情があったと言うんですか」

「わかりません」

新吾は首を横に振る。

「次郎吉さんは金のためだと話していますからね」

半兵衛は言った。

「だとしたら、金の貯えはなかったんじゃありませんか」

新吾はさらに続ける。

「次郎吉さんは昔からかなり遊んできたようでした。私が思うに、次郎吉さんは盗んだ金は酒や女、それに博打《ばくち》と散財してきたのではないでしょうか」

新吾はあえてそう口にしたが、あながち嘘ではない。次郎吉も自分でそれらしきことを言っていた。ただ、それでも千両を貯めることが出来たのだ。ねずみ小僧による被害額は、予想以上に大きいのかもしれない。

「確かに、何人も女がいたようです」

半兵衛は応えて言う。

「何人もですか」

「ええ。女房や妾が十人近く」

「そうなんですか」

新吾は柳原の土手で次郎吉といっしょにいた女のことを思いだした。あの女は十人近くいる女房や妾の中のひとりか。

「大石どのの調べに素直に喋《しゃべ》っています」

「その女のひとたちの名前と年齢がわかったら教えていただけませんか」

新吾は頼んだ。

「どうしてですか」

半兵衛は疑問を口にした。

「次郎吉のことをいろいろ聞いてみたいのです」

「わかりました」

半兵衛は応じ、

「盗みに入った屋敷のことも思いだして口にしています。ただ、盗みに入った数が多く、忘れているところもあるので、まだ全貌は明らかになっていないようです」

と、話したあとで、

「この件は大石どのの掛かりで、私は応援という形でこの件に関わっているだけですので、なにかにつけて大石どのにお伺いを立てなければなりません。宇津木先生と話したことを大石どのには伝えておきます」

「はい」

「では、我らはこれで」

新吾は頷き、半兵衛と升吉と共に立ち上がった。

ふたりが引き上げたあと、新吾は改めて次郎吉が小幡藩松平家の中屋敷に忍び込んだことに考えを向けた。

目的が金ということは考えられない。何らかの理由があったのだ。忍び込む先は小幡藩松平家の中屋敷でなければならなかった。そして、そこに同心の大石杢太郎が待ち構えていた。

この背後に何かが隠されている。新吾はそう思った。

いったん居間に戻り、出かけてくると言い、香保に見送られて家を出た。

新吾は夜道をひた走り、深川常盤町にある幻宗の施療院に着いたときは五つ半（午後九時頃）を過ぎていた。

戸を叩いて、訪問を告げる。

出てきたおしんに、

「幻宗先生はもうお休みに？」

と、きく。

「寝間に入りましたけど、まだ起きていらっしゃると思います」

「すみませんが、声をかけていただけますか」

「はい」

おしんは幻宗の寝間に向かった。

新吾も後に続く。

裏庭に面した寝間の襖《ふすま》の前で、おしんが呼びかけた。

「先生、新吾さまがお見えです」

「入れ」

中から声がした。

おしんが襖を開ける。

幻宗は見台に置いた書物《しょもつ》を読んでいた。和蘭《オランダ》語の原書のようだ。いつまでも新しい知識を身につけようとしている姿勢に、新吾は心を打たれた。

「失礼します」

新吾は中に入る。

「夜分に申し訳ありません」

「何かあったか」

「はい」

おしんが会釈《えしやく》をして下がろうとしたので、

「おしんさんもいっしょに」

と、引き止めた。

幻宗もおしんに入るように言う。

「昨夜、次郎吉さんが浜町の上州小幡藩の中屋敷に忍び込み、捕まりました」

「捕まった？」

幻宗の顔色が変わった。

「はい。捕まえたのは受け持ちが本郷、小石川方面の大石杢太郎という同心だそうです」

新吾はその経緯《いきさつ》を説明し、

「津久井半兵衛さまから次郎吉さんとの関係をきかれ、何か預かっていないかと」

と言い、続けた。

「お金のことです。幻宗先生のところにも預けていないかと言ってました」

「まあ」

おしんが息を呑んだ。

「次郎吉さんは盗んだ金は散財して、金を持っていないのではないかと言いましたが、明日にでも津久井さまが事情をききに来るかもしれません」

「そうか」

幻宗は厳しい顔をした。

「あのお金はどういたしましょうか」

新吾はきいた。

「あの金は次郎吉から預かったものだ。次郎吉に返すべきものだったが……」

幻宗は困惑した。

「次郎吉さんは不安を口にしていました。今から思うと、次郎吉さんはこうなることを予期していたのではないかと。だから、お金を先生のところに」

新吾は訴えるように言う。

「いずれにしろ、預かっている金は次郎吉のものだ。次郎吉の気持ちを知りたい。ただ、奉行所にはこの金のことは秘密だ」

「はい」

新吾は頷く。

「おしんも何も預かっていないと言うのだ」

「わかりました」

おしんは答えた。

「先生」

新吾は疑問を口にした。

「私にはどうもわからないのです。次郎吉さんは松江藩上屋敷での盗みに失敗したことを機に、足を洗うと言っていたのです。二度と盗みはしないと。それなのに、また忍び込んだことが解《げ》せないのです」

新吾はさらに疑問をぶつけた。

「一番の不可解さは、受け持ちの違う同心がたまたま通り掛かったということです」

「何があったと考えるのだ？」

「わかりませんが、何らかの理由で、次郎吉さんは小幡藩の中屋敷に忍び込まざるを得なかった。そして、そのことを大石杢太郎どのが知っていた……」

「しかし、次郎吉が足を洗うと言ったのは嘘かもしれない。気が変わったとも考えられる」

「いえ、そんなことは……」

新吾が反論しようとするのを、幻宗は手で遮って、

「次郎吉が武家屋敷から逃げてきたところをお縄になっているのは紛れもない事実で

はないか」

「……」

新吾は何も言い返せなかった。

「次郎吉がどんな自供をしたのか聞きだすのだ。大石という同心に面識がないのなら、津久井どのに頼むのだ」

「わかりました」

新吾はため息をついた。

「次郎吉さんはどうなるのですか」

おしんが心配そうにきいた。

「十年間も盗みを続けてきたのだ。当然、獄門だ」

幻宗が吐き捨てるように言う。

新吾も改めて次郎吉に対して怒りが込み上げてきた。が、その怒りはやがて自分に向けられた。

忍び込む直前、次郎吉は新吾に会いに来た。そこで、不安を口にしていた。そのとき、なぜ次郎吉にもっと迫らなかったのか。

あのとき、何らかの理由で、小幡藩の中屋敷に忍び込む決意を固めていたのだ。だが、次郎吉は気が進まなかったのではないか。

胸騒ぎがしていたのは最悪の事態を予期していたのではないか。だから、金を幻宗の施療院に預けた。

捕まって金を没収されるより、幻宗の施療院で使ってもらったほうが有益だと考えたのだ。

新吾は再び夜道を小舟町に帰った。

四

翌朝、上屋敷の番医師の詰所に着いたとき、麻田玉林はいなかった。往診に出ているのか。

四半刻（三十分）経っても玉林は戻ってこなかった。

代わりに、近習医の花村潤斎《はなむらじゅんさい》の助手が新吾を呼びに来た。

「潤斎さまがお呼びです」

「すぐお伺いします」

新吾は並びにある近習医の詰所に行った。

「宇津木新吾です」

新吾は襖越しに声をかけた。

「入りなさい」

「失礼します」

新吾は襖を開けて中に入った。

壁際に薬草が収まっている小抽斗《こひきだし》の箪笥がある。潤斎はその手前に座っていた。新吾は向かいに腰を下ろした。

「じつは、そろそろ漠泉どのの返事が欲しいのだ」

潤斎が口を開いた。

「申し訳ありません。延ばし延ばしにしてしまい……」

新吾は詫びた。

岳父の上島漠泉はシーボルト事件に巻き込まれて表御番医師《おもてごばんいし》の身分を剝奪された。今は町医者として細々《ほそぼそ》と暮らしている。

表御番医師は江戸城表御殿に詰めて急病人に備える。三十名いるうちのひとりが上島漠泉で、いずれ奥医師《おくいし》になるだろうと言われていたのだ。

奥医師とは将軍や御台所《みだいどころ》、側室の診療を行う医師である。

花村潤斎は表御番医師の花村法楽《ほうらく》の弟子で、その法楽は幕府の奥医師桂川甫賢《かつらがわほけん》の弟子である。

桂川甫賢は大槻玄沢《おおつきげんたく》、宇田川玄随《うだがわげんずい》と並ぶ蘭学者の大家であり、桂川家は代々奥医師を世襲している。奥医師の首席は法印《ほういん》、次席を法眼《ほうげん》というが、桂川甫賢は法眼である。

法楽は漠泉とは同じ表御番医師として親しくしてきた間柄であり、前々から時期がきたら、漠泉の復帰を願い出ようと思っていたというのだ。そして、そのことを桂川甫賢に話したところ、甫賢も漠泉にはかねてより同情を寄せており、漠泉にその気があるのなら表御番医師に返り咲くために尽力しようと言ってくれたという。

そのことを、花村潤斎から聞いた新吾はさっそく漠泉に伝えた。だが、漠泉の返事は意外だった。

「ありがたい話だが、わしは今のままで十分だ。わしはもう若くはない。わしを頼りにしてくれる患者もいる。そういうひとたちのためにも、わしはここで医者として最後まで尽くしたい」

漠泉の本心かどうか、新吾はわからない。

「しばらくお返事をお待ちいたします。どうか、もう一度お考えください」

漠泉に言い、今日に至っている。

「数日のうちにお返事をいたします」

新吾は改めて約束をした。

「うむ。そうしてもらおう」

潤斎は鷹揚に言ったあと、

「そうそう、ねずみ小僧が捕まったそうだが、この屋敷に忍んだ賊はやはりねずみ小僧だったのだな」

と、きいた。

「はい」

「御用人どのがあのとき捕まえておけば、当家の評判も上がったのにと残念がっていた。せっかく傷を負わせたというのに」

「そうですか」

ふと、新吾は念のためにきいてみた。

「潤斎さまは、小幡藩松平忠恵さまの侍医を御存じでいらっしゃいますか」

「松平忠恵?」

「はい」

「さあ、知らぬな。どうしてだ?」

「潤斎さまの知り合いだったら、その侍医を介してご家中の方にお会いしたいと思ったものですから」

「何を考えているのだ？」

「ええ。ちょっと」

「小幡藩松平家は、先日ねずみ小僧が押し入ったところではないか」

「はい。ねずみ小僧がどのような状況で見つかったのか、お聞きしたいと思いまして」

ほんとうは、なぜその夜、中屋敷に松平忠恵が泊まっていたのか、その理由を知りたいのだ。

「なぜ、そこまでねずみ小僧に執着するのだ？」

「それは……」

新吾は迷ったが、

「じつはねずみ小僧はご当家で斬られた傷を私の師である幻宗先生の施療院で治療したのです。そのときに知り合いになりました。もちろん、ねずみ小僧だとは知りませんでしたが」

新吾は正直に話し、

「そういう縁から、どのような状況でねずみ小僧が見つかったのか知りたかったのです」

と、言い訳をした。

「そうか、そなたはねずみ小僧とそのような因縁があったのか」

潤斎は驚いたように言い、

「しかし、そんなに親しいわけではなかったのだろう」

と、あっさり言った。

「まあ、そうですが」

「さしものねずみ小僧もご当家で失敗し、けちがついていたというわけだ」

そう言ったあとで、潤斎は助手の男に茶をいれるように言った。

「では、私は」

新吾は頭を下げた。

番医師の詰所に戻ると、麻田玉林が戻っていた。

「潤斎さまに呼ばれたそうだな」

玉林は妬ましそうに言う。

「はい。岳父のことで」

新吾は答える。

「上島漠泉どのはまだ決断なさらぬのか」

「はい」

「ということは、もう表御番医師に戻る気がないのではないか。それだけ、漠泉どのは年をとられたということだろう」

玉林は勝手に決めつけた。

「……」

「そうそう、さっき、奉行所の同心がやって来ていた」

「同心が？」

「ああ。ねずみ小僧の自供に基づいて被害の確認をしているそうだ」

大石杢太郎がやって来ているのかもしれない。

杢太郎に会ってみたいが、今会っても、当たり障りのないことしか聞かされないだろう。

新吾はもやもやして胸の辺りが重たかった。

昼前に、葉島善行がやって来た。

「明日、少し遅れて参ります。どうかよろしくお願いいたします」

新吾は玉林に断り、詰所を出た。


その夜、夕餉《ゆうげ》を終えたあとに津久井半兵衛と升吉がやって来た。

新吾は客間に向かった。

「夕餉のお邪魔でしたか」

半兵衛が気にした。

「いえ、終わりました」

新吾はふたりの前に腰を下ろして言う。

「次郎吉は小伝馬町《こでんまちょう》の牢屋敷に送られました」

半兵衛が知らせた。

「そうですか」

新吾は深くため息をついた。

「吟味方《ぎんみがた》与力の詮議により、被害に遭った大名や旗本はもっと明らかにされるでしょう」

「なぜ、小幡藩の中屋敷を選んだのかについては何と?」

「たまたまで、忍び込み易いと思ったからのようです」

半兵衛は答えてから升吉に目顔《めがお》で何か言った。

「へい」

升吉は応じ、懐から紙切れを取り出した。

「これが次郎吉と関係があった女の名前です」

「すみません」

新吾は受け取って目を這わせた。

おたき、三十二歳。おすま、二十四歳。おそめ、二十八歳……。全部で八名。最後に、高砂町のおせつの名もあった。

「宇津木先生」

半兵衛が呼びかけた。

新吾は顔を上げた。

「その女たちが何か？」

「ええ」

新吾は迷った。

「宇津木先生は何か気になっていることがおありのようですね。そのことをじっくりお聞きしたくて参った次第」

半兵衛は身を乗り出してきく。

「特に確証があってのことではありません。私の思い過ごしかもしれないのです」

新吾は慎重に言う。

「それでも構いません。気になっていることを教えていただけませんか」

半兵衛は熱心に請うた。

「なぜ、私の考えをお聞きになりたがるのですか」

新吾は逆にきいた。

「じつは、私も縄張り外の浜町に大石どのがいたことに引っ掛かりを覚えていたんです。それに、次郎吉を捕まえてからは、浜町まで捜しに来た下手人の探索はそのままになっています」

半兵衛が正直な気持ちを吐露《とろ》した。

「やはり」

新吾は頷く。

「私がそのことを口にすると、手柄を横取りされたやっかみだと思われるでしょう。だから声を上げられないのですが、私も疑問を持っているのです」

「そうですか」

新吾は大きく頷き、

「次郎吉さんが小幡藩の中屋敷に忍び込んだ日の昼間、たまたま柳原の土手を行く次郎吉さんと二十七、八歳の女のひとを見かけたのです。なんだか深刻そうだったのが気になりました」

半兵衛と升吉は黙って聞いている。

「それから、その夜、幻宗先生のところに出向こうとして外に出たら、次郎吉さんが私の家の近くに立ってました。私を訪ねるかどうか迷っていたようでした」

新吾は続ける。

「こんなじめじめした陽気のせいか、気が滅入ってしまったと次郎吉さんは言っていました。このまま、無事にいけるのだろうかと不安になったりしたとも。次郎吉さんにしては、ずいぶん気の弱いことを言っていたんです」

「不安ですか」

半兵衛が眉根を寄せる。

もちろん、金のことは黙っていた。

「立ち話で別れたのですが、その夜、捕まったのです」

新吾は続ける。

「小幡藩の中屋敷に忍び込むことに、不安を感じたのではないでしょうか」

「その不安が現実のものになったというわけですね」

半兵衛は同調した。

「でも、そんなに不安なら、その夜の盗みは中止すればよかったのに」

升吉が口をはさむ。

「おそらく、それが出来なかったんじゃないでしょうか」

「出来なかった？」

「つまり、あの盗みは自分の意志ではなかった。誰かに頼まれてのことだったのではないかと」

「その相手が柳原の土手で見かけた女だと？」

「はい。そして、盗みに入るのは、その夜でなければならなかった。なぜなら、その夜は中屋敷に松平忠恵さまがお泊まりになり、大石杢太郎さまが探索で浜町に来ている」

「仕組まれていたと？」

半兵衛が厳しい顔をした。

「私はそんな気がしたのですが、明白な証があるわけではありません。松平忠恵さまが中屋敷に泊まったのも、何かの事情があってのことかもしれませんし、大石杢太郎さまが浜町まで出張ってきたのも、ほんとうに下手人を追っていただけなのかもしれません」

　新吾はさらに付け加えた。

「それに、何か裏があったとしたら、次郎吉さんが自分ははめられたと訴えるのではないかと。次郎吉さんは何もそれらしいことは言っていないのですね」

「ええ、言っていないようです」

「ただ、次郎吉さんは誰かをかばっているとも考えられます。これまでの盗みの数々から重い裁きは免れませんから、次郎吉さんにとって、誰かにはめられたかどうかはもはや関係ないのかもしれません」

　新吾はため息交じりに言う。

「もし、次郎吉が何かの策略にはまったのだとしたら、誰が何のために？」

　半兵衛がきく。

「わかりません。単純に考えれば、大石杢太郎さまは次郎吉さんをねずみ小僧だと睨んでいたが、新たな盗みをする気配がない。そこで、次郎吉さんに盗みをさせるような策略を巡らした」

新吾はそう言ってすぐさま、

「しかし、問題は次郎吉さんは足を洗う決心をしていたことです。それを覆して、盗みに向かわせるのはよほどのことをしなければなりません。そこで、松平忠恵さまに絡んでの何かが……」

「大石どのと松平忠恵さまがつるむとは思えません」

半兵衛が異を唱える。

「そうですね」

新吾もその想定には無理があると思っている。

「ただ、もしかしたら、大石どのは小幡藩の上屋敷に出入りをしていたのかもしれませんが」

大名は家臣が町中で不祥事に巻き込まれたときなどに備えて同心と懇意にしているので、大石杢太郎が上屋敷に出入りをしていることは十分に考えられる。

「しかし、松平忠恵さまにとってはねずみ小僧が捕まろうがどうでもいいことでしょう」

半兵衛が言う。

「以前に、小幡藩松平家はねずみ小僧に入られているということはありませんか。過去に被害にあったことから仕返しの意味で、大石さまの話に乗ったと」

「念のために、そのことは確かめてみましょう」

　半兵衛は言う。

「ただ、自分で言っておきながら、こういうことを言うのは変ですが、ねずみ小僧を捕まえるために、そんな大がかりな策を練るかという疑問も感じているのです」

　新吾は無念そうに言う。

「どうもわかりませんね。ただ、今のままでは、十年間も盗みを働いてきた希代の怪盗ねずみ小僧が忍び込みに失敗し、たまたま通りかかった同心にお縄になったということで落ち着きそうですね」

　半兵衛はふと思いついたように続けた。

「次郎吉といっしょにいた女を捜してみます。次郎吉の別れた女たちのひとりか、そうではなくても誰かがその女のことを知っているかもしれません」

「お願いいたします」

　疑惑はあるが、はっきりした解釈は見出せずに、お互いになにかもやもやしたものを抱えながら話を終えた。

　半兵衛と升吉を見送ってから、新吾は居間に戻った。

養父《ちち》の順庵はまだだらだら酒を呑んでいた。

「津久井さまはよく見えるな。何があったのだ?」

順庵が湯呑みを口から離してきいた。

「ねずみ小僧が捕まったことです」

「往診先でも、その話が出る。ずいぶん、騒いでいるな。で、ねずみ小僧と関わりがあるのか」

「多少」

「多少? どんな?」

「幻宗先生のところで見かけたことがあるんです」

順庵が往診先でべらべらと喋ってしまうことを恐れて、曖昧《あいまい》に話した。

「なんだ、その程度か」

順庵はがっかりしたように言い、

「それなのに津久井さまは何をききに来るのだ?」

「私が親しいと勘違いをしていたようです」

「そうか」

順庵は湯呑みを口に運んだ。

「そなたがねずみ小僧と親しい間柄だったら、いろいろききたいことがあったのだが」

「仮に親しかったとしても、ねずみ小僧のことは私にはわかりませんよ」

「だが、本人にきけばいい」

順庵はあっさり言う。

「ねずみ小僧は小伝馬町の牢屋敷に送られたそうです。会うことは出来ませんよ。それより」

まだ、ねずみ小僧の話題を続けようとしているので、話題を変えようとしたが、順庵は妙なことを言った。

「そなたなら会えるのではないか」

「えっ？　なんのことですか」

「ねずみ小僧に会おうと思えば出来るだろう」

「出来ませんよ」

「一時牢屋医師をしていたではないか。うまく頼み込めば……」

新吾はあっと思った。

牢屋敷には本道がふたり、外科ひとりの牢屋医師がいる。本道のひとりの医師が事情があって半年間江戸を留守にすることになった。鍵役同心の増野誠一郎《ますのせいいちろう》から頼まれて、その代行を新吾がやることになったのだ。新吾のことを津久井半兵衛から聞いたのだ。

そうだ。増野誠一郎に頼めばなんとかなるかもしれない。

いっしょに働いていた本道の伊吹昭六《いぶきしょうろく》と外科の川島文拓《かわしまぶんたく》のことを思いだした。当時、伊吹昭六は三十半ばの細い目をした痩身で、文拓は三十前のぎょろ目の肥えた体をしていた。折りをみて、伊吹昭六か川島文拓を訪ねてみようと思った。

次郎吉に会えるかもしれないと思い、ようやく心が落ち着いてきた。

「香保さん、お話があるのでしょう」

養母が香保に声をかけた。

「話ですか」

新吾が香保に目をやる。

「ええ」

香保が恥じらいを含んだ笑みを浮かべ、

「お腹にややこが」

と、口にした。

「ほんとうか」

新吾は思わずきいた。

「そうか、やはり身籠もっていたか」

順庵が相好《そうごう》を崩し、

「香保の顔つきや様子から身籠もっているのではないかと思っていた。やはり、そうだったか」

と、喜びを露にした。

「めでたいことだ」

「最近、炊きあげたご飯の匂いで吐き気を催したりしていたのですが、義母《かあ》さまに言われて」

「香保、よかった」

自分の分身が生まれるのだと思うと、しみじみとした喜びが湧いてきて、新吾は香保がことさら愛おしくなった。

「明日の朝、漠泉さまのところに行ってくる。表御番医師の件を改めて伺うのだが、うれしい知らせも伝えられてよかった」

新吾は気持ちが弾んでいた。

「さあ、祝いだ。お酒を」

順庵は便乗して言う。

「もうだいぶ呑みましたよ」

養母がたしなめる。

「私も呑みます。祝いをしましょう」

新吾は口にした。

「そうですか」

養母が苦笑して、立ち上がろうとする香保を押さえて自分で台所に向かった。

順庵は子どもが出来ず、新吾を養子にとったのだ。その新吾に子どもが出来た。喜びも一入《ひとしお》のようだ。

「漠泉さまもさぞかし喜ばれるだろう」

新吾は想像して言う。

「ええ」

香保は頷いてから、

「表御番医師の件ですが、父はその気がないのかもしれません」

と、残念そうに言う。

「ともかく、はっきりしたお気持ちをきいてくる。これが最後になるだろう」

「はい」

養母が酒を持ってきて、ささやかな祝いの宴がはじまった。

五

翌朝、新吾はひとりで入谷《いりや》にある植木屋の『植松《うえまつ》』にやって来た。梅雨空で、今にも雨が降り出しそうだった。

柴垣で囲まれた庭に、朝顔がたくさん栽培されていた。

新吾は離れに行った。

開け放たれた障子《しょうじ》の部屋に、漠泉夫婦の姿が見えた。

漠泉が気づいて、濡縁《ぬれえん》に出てきた。

「新吾どの、よう参られた」

義母も出てきて、上がるように勧めた。

「失礼します」

新吾は濡縁から上がり、部屋に入った。

「ご無沙汰《ぶさた》していています。お元気そうで」

「うむ。小舟町のほうも皆達者か」

「はい」

新吾は応じて、

「じつはうれしいお知らせがあります」

と、口にした。

すると、義母は察したのか、

「もしや、香保に……」

と、喜色を浮かべた。

「はい。ややこが出来たそうです」

新吾は思わず声が上擦った。

「ほんとうか」

漠泉も目尻を下げ、

「そうか、香保にややこが」

と、しみじみと言う。

「ところで、表御番医師の件ですが、そろそろはっきりした返事が欲しいとのことです」

新吾は口にした。

「そなたには骨を折ってもらい申し訳なかった。いろいろ考えたが、わしが今さら表御番医師に復帰しても、さして活躍は出来まい」

「そのようなことはありません」

新吾は口をはさむ。

「いや」

手を上げて、漠泉は新吾の発言を制し、

「わしが表御番医師になることが、そなたにとって何か利点があるなら考えぬわけではなかったが、そなたはそなたなりに医者の道を歩んでいる。それではわしが表御番医師に復帰したところで、わし自身の名誉のためでしかないことになる」

漠泉は静かな物言いで続ける。

「わしは今さら名誉などいらぬ。それより、この地でわしを必要としてくれる貧しい人びとの力になっていきたい」

「表御番医師になっても、貧しい人びとのために働けるのではないですか」

新吾は異を唱える。

「いや。貧しい人びとはわしが何の肩書もない医者だから来てくれるのだ。これが、表御番医師という肩書と、大仰な屋敷を構えてみたらどうなると思うか。気楽に来られると思うか」

「……」

「もし、幻宗どのの施療院を立派な建物にしたらどうなると思うか。貧しい人びとの足は遠退《とおの》くと思わぬか」

幻宗もそれで施療院の改築などを行おうとしないのか。次郎吉から預かった金で施療院をもっと立派に改築したら患者にとってもいいだろうと思っていたが、そういうものではないのかもしれない。

漠泉が話を続けた。

「これが表御番医師を受けない大きな理由だが、もうひとつある。わしの復帰に尽力してくれている花村法楽どのには感謝をしているが、この話を受けたら今後、わしは法楽どのに頭が上がらぬことになる。法楽どのがどうのこうのと言うわけではないが、何を頼まれても断りにくいことになる。シーボルト事件とて……」

漠泉ははっとしたように言葉を止め、

「いや、やめよう」

と、ため息をついた。

漠泉は幕府天文方《てんもんかた》兼書物奉行である高橋景保《たかはしかげやす》に頼まれて、シーボルトに品物を届けただけなのだ。

天文方は、天文・暦術・測量・地誌などを編纂《へんさん》する役目で、書物奉行は幕府の書庫を管理し、編集を行った。

シーボルトは間諜《かんちょう》で、わが国のことを調べていたことが明らかになった。

高橋景保はシーボルトに持ち出し禁止の絵図や江戸城内絵図を渡し、シーボルトから『世界周航記《しゅうこうき》』を受け取っていた。このことから、投獄されたのだ。

その絵図をシーボルトに届けたのが漠泉だった。漠泉は景保の病気を治療した縁で親交があった。

「もうあのような煩《わずら》わしい世界に身を置くより、ここで貧しくとも気のいいひとたちと共に生きていくほうがいい。どうか、うまくお断りをしてくれ。年を理由にするのがよいだろう」

新吾は漠泉の決意を知った。

「わかりました」

新吾は大きく頷いた。

「新吾」

漠泉は言う。

「そなたにはそなたの生き方がある。わしがこういう心境になれたのも表御番医師を務めたればこそだ。だから、若いうちは一つの考えに固執せず、いろいろなことに挑戦してみるのだ。たとえば、奥医師になる機会が巡ってきたら受けるのもいいかもしれぬ。まあ、幻宗どのは反対するかもしれぬがな」

漠泉は一呼吸置き、

「そなたは幻宗どのに医者の理想を見ているのだな」

と言ってから、やさしい眼差しで、

「世の中には幻宗どのを待っている患者だけではない。表御番医師、さらには奥医師などの肩書がある医者を必要としている患者もいる。皆、それぞれの立場で医者の務めを果たせばいい」

「はい。漠泉さまが表御番医師を務めたことで今の自分があるというお言葉は胸に響きます。また、それぞれの立場で医者の務めを果たすというお言葉も胸にしみ入りました」

新吾は素直に言い、

「私にとって年が近く、尊敬している友人がふたりおります」

と、口にした。

「ひとりは高野長英《たかのちょうえい》さま、もうひとりは伊東玄朴《いとうげんぼく》さまです」

「うむ」

漠泉は目を細める。

「ふたりともシーボルトの『鳴滝塾《なるたきじゅく》』の塾生でしたが、長英さまは医者というより国事のほうに目を向け、玄朴さまは富と名誉を求めて奥医師を目指しています。このふたりはお互いにその生き方を非難し、犬猿の間柄のようです。私はお互いにいがみあうふたりと、それぞれに同じように付き合っていけるものかどうか心配でした。おふたりから見たら、私など中途半端な男でしかないのではないかという負い目もありました。しかし、お話を聞いて、その心配も吹き飛びました。私は私で、今の立場で医者の務めを果たしているつもりです。おふたりに負い目を持つことなく、付き合っていけそうです」

「そうか」

漠泉は微笑み、

「新吾はよき友人に恵まれたようだ」

と、満足そうに頷いた。

「そろそろ、行きませんと」

新吾はふたりに顔を向け、

「義父《とう》さんに義母さん。近々、うちに遊びに来てくださいな。香保も会いたがっておりますから」

医者という立場のときは、尊敬の意味を込めて漠泉さまと呼ぶが、私的な話になれば妻の父と母として接する。

「行きますよ」

義母がにこやかに言った。漠泉も大きく頷いていた。

「ぜひ、お待ちしています」

新吾は漠泉の家を辞去し、松江藩の上屋敷に急いだ。

松江藩の上屋敷に着き、御殿の玄関を入り、番医師の詰所に行った。

半刻(一時間)ほどいつもより遅かったが、部屋には薬籠《やくろう》持ちの勘平《かんぺい》しかいなかった。

「玉林さまは、年寄のどなたかが急な腹痛を訴えたということで出向かれました」

「そうか」

　しばらくして玉林が戻ってきた。

「遅くなって申し訳ありませんでした」

　新吾は玉林に詫び、

「今度は私が診察に参ります」

「なあに、気にするな」

　玉林は家老や年寄、用人などの治療をしながら、いろいろな噂《うわさ》話などを聞きだすことが好きらしく、病人が出ることを望んでいる節がある。

「で、舅《しゅうと》どのの返事はどうだったのだ？」

　玉林はきいた。

「ご辞退するとのことでした」

「何、辞退？　表御番医師に返り咲けるというのに……」

　玉林は大仰に言う。

「年だそうです」

「そんな年ではなかろう」

「そうなんですが……」

「惜しいな。わしならすぐに応じるが」

玉林は我が事のように残念がった。

見かけは偏屈な印象だが、根はやさしい男だということがわかる。

「これから潤斎さまにお話をしてきます」

新吾は立ち上がった。

「いらっしゃるかな」

玉林が気にした。

「とりあえず、行ってみます」

新吾は部屋を出て、並びにある近習医の部屋に行き、襖の前から声をかけた。

「潤斎さま、いらっしゃいますか。宇津木新吾です」

「入りなさい」

中から声がした。

「失礼します」

新吾は襖を開けて中に入った。

潤斎は読んでいた書物を閉じて、新吾のほうに顔を向けた。

「潤斎さま、お詫びしに参りました」

新吾は手をついて頭を下げた。

「何か」

「上島漠泉のことです。漠泉はたいへんありがたいお話で、花村法楽さまには感謝をしているが、自分はもう年で気力が伴わないと申し、せっかくですがお断りさせていただきたいとのことでございました」

「法楽さまと同じ年ではないか」

潤斎が残念そうに言う。

「表御番医師を剝奪されたあと、かなり落ち込んでいたようです。おそらく、気力が戻らなかったのだと思います。自分の時代ではないとも思っているようです」

「そうか。法楽さまもがっかりするだろう」

潤斎は顔をしかめた。

「申し訳ありません」

なぜ、法楽はこれほど漠泉の返り咲きに熱心なのだろうか。漠泉は法楽の引きによっての返り咲きに抵抗があったのではないか。

法楽には何らかの計算があったのか。しかし、それがなんなのかはわからない。

新吾は挨拶をして潤斎の前から下がった。

昼になって、新吾は上屋敷をあとにした。

勘平とともに柳原の土手を下りて柳原通りに差しかかったとき、八辻ケ原《やつじがはら》のほうからやって来る津久井半兵衛と升吉に気づいた。

新吾は立ち止まってふたりを待った。

「今、お帰りですか」

半兵衛がきいた。

「ええ」

新吾は応じてから、

「次郎吉さんの吟味は決まったんですか」

「明日からです」

「明日ですか」

「明日の朝、小伝馬町の牢屋敷からお濠端《ほりばた》に出て、一石橋《いちこくばし》を渡って数寄屋橋《すきやばし》御門に向かうものと思われます。ひと目顔を見たければ、数寄屋橋の袂《たもと》で待っていたほうがよいでしょう」

半兵衛は助言した。

「いえ、牢屋敷の前で待つつもりです」

そのあとで松江藩の上屋敷に出向かねばならないこともあるが、牢屋敷の前で待っていたほうが間違いない。

「牢屋敷の前ですか。そういえば宇津木先生は牢屋医師をなさっていたことがおありでしたね。それなら、怪しまれることもないでしょう」

半兵衛は頷きながら言う。

「牢屋医師は僅かな期間だけでしたが」

「そうそう、次郎吉の妻女《さいじょ》や妾に確かめたところ、皆、次郎吉とは会っていないという返事でした。また、柳原の土手で次郎吉といっしょだった女のことをきいても、皆知らないと。嘘をついていることも考えられますが」

半兵衛は続けて、

「やはり、皆、次郎吉からの去り状を持っていました」

「皆、大事に持っていたのですか」

「ええ、万が一のとき、累が及ばないように持っていろと次郎吉は女たちに言っていたようです」

「そうですか」

夫婦や妾のままなら連座制で女たちも罪に問われてしまうのだ。高砂町のおせつは妾というわけではないのに去り状を出していた。

「次郎吉さんはそこまで考えていたんですね」

「そうです。ちゃんと手切金も渡して」

「なぜ、次郎吉さんは頻繁に女のひとを変えたのでしょうか」

新吾はきいた。

「ひとりの女に情が移るのを避けていたようです。情が移れば、盗人としての働きが鈍《にぶ》ると考えていたそうです」

「そういうことですか」

「次郎吉は、怪盗ねずみ小僧であることに誇りを持っていたってことでしょうね」

升吉が口を入れた。

「そうなのでしょうね」

新吾もそう思った。それだけに、松江藩の上屋敷での失敗は次郎吉の誇りを打ち砕いたはずだ。

そう考えると、またも、なぜ次郎吉が足を洗う決心を翻して小幡藩松平家の中屋敷に忍び込んだのかという疑問に行き着いた。

やはり、鍵を握っているのは柳原の土手でいっしょだった女だ。

「例の女のことで何かわかりましたか」

新吾は気になっていたことをきいた。

「いえ。ただ、次郎吉が口にした女たちの中には該当する者はいませんでした。また、女たちも何も知らないようです」

半兵衛は答えた。

「おそめという女のひとはいかがでしたか」

新吾はなおもきいた。

「二十八歳で、年齢は宇津木先生が見かけた女に近いですが、小肥りの体つきから見て別人だと思います」

「そうですか」

あのときの様子からふたりはかなり親密そうだった。そう思ったとき、次郎吉の不自然さに気づいた。

「おかみさんや妾の名は、津久井さまたちが調べたのではなく、次郎吉さんが口にしたのですね」

「そうです」

「やはり……」

「やはり、なんですか」

半兵衛が訝《いぶか》しげにきく。

「私が見かけた女のひとは次郎吉さんといっしょに暮らした相手だったと思います。その女の名だけ、次郎吉さんはわざと隠したのではないでしょうか」

「本来なら、全員の名を出すところ、ひとりだけ黙っているということですか」

「そうです。逆に言えば、その女の名を隠したいがために、他の女の名を吐いた……」

新吾は次郎吉の気持ちを推し量って、

「つまり、次郎吉さんはその女のために忍び込んだのではないでしょうか」

と、言い切った。

「考えられますね」

半兵衛も大きく頷き、

「そうだとしたら、捜し出す手掛かりが得られました。次郎吉が口にした女たちとそれぞれいっしょに暮らした時期を調べれば、どこか空白の期間があるはずです。そのとき、次郎吉が住んでいた場所からいっしょに暮らした女がわかります」

と、気負い込んで言った。

「ええ。そうです。捜してくださいますか」

「やってみましょう。もちろん、大石どのには内密に」

半兵衛は応じた。

「お願いいたします」

新吾は頭を下げて、半兵衛たちと別れ、小舟町の家に急いだ。


家に帰り、香保に伝えた。

「表御番医師の件、漠泉さまはやはりお断りになった」

新吾は香保に伝えた。

「そうですか」

香保も寂しそうに頷いた。

「年のせいだと言っていたが、本音は煩わしさを恐れてのことだと思う」

新吾は義父に理解を示して言った。

「ええ。これでよかったのかも。以前のようなたくましい父の姿をもう一度見たいという思いもありましたが」

香保が素直な気持ちを口にした。

「今の生き方を楽しんでいるように思える。香保の言うように、これでよかったのではないか」

「そうですね」

「ややこのこと、とても喜んでおられた。近々、いらっしゃるそうだ」

新吾は簡単に昼餉をすませ、療治部屋に向かった。

第二章　面会

一

翌日は、朝から強い陽差しだった。新吾は小伝馬町の牢屋敷に来ていた。

牢屋敷の前には牢内に差入れをする品物を売っている差入屋が何軒も並んでいる。

そのうちの一軒の横の日陰に立ち、牢屋敷の門を見ていた。

ついさきほど、囚人を引き取りに来た奉行所の同心や小者たちがやって来て門の中に入って行った。

そして、四半刻（三十分）ほどして、門の辺りが騒がしくなった。

奉行所の同心たちが前後を固め、取調べのために奉行所に向かう囚人たちが数珠《じゅず》つなぎになって門から出てきた。

新吾は日陰から数歩前に出た。不精髭《ぶしょうひげ》のいかめしい男が何人も後ろ手にしばられて続いている。新吾はさらにその一行の近くに移動した。真ん中辺りに次郎吉の姿が見えた。伸びた月代《さかやき》に髭面《ひげづら》。いかにも悪党のような雰囲気だ。

新吾は近づいてくる次郎吉に目を向けている。ようやく、次郎吉が気づいて顔を向けた。新吾は思わず口を開いたが、声にならなかった。

次郎吉が微かに笑ったような気がした。寂しそうな笑みだった。

松江藩での抜け荷騒動に巻き込まれた新吾は次郎吉の手助けを得て解決にこぎつけた。ねずみ小僧から足を洗うと誓った次郎吉に、大名屋敷に忍び込んでもらったりした。

次郎吉は顔をこちらに向けながら、目の前を行き過ぎるとき、目顔で何かを言い、軽く会釈をした。

新吾は飛び出して行き、次郎吉に何があったのかと問いたかった。

この先、次郎吉に待っているのは死罪、いや獄門だろう。十年にわたって盗みを続けてきたのだ。

その日、新吾はやりきれない思いで夕方まで過ごした。

そして、診療を終えると、新吾は家を出た。

神田須田町《すだちよう》の町医者伊吹昭六の家にやって来た。今日の診療は終わっている。伊吹昭六は本道の牢屋医師だった。

戸を開け、土間に立ち、新吾は声をかける。

「ごめんください」

すると、奥から弟子の谷村六郎《たにむらろくろう》が出てきた。

「やっ、宇津木どのではないか」

六郎が目を見開いた。

「その節はお世話になりました」

新吾は頭を下げる。

「いや、こちらこそ」

今は、伊吹昭六に代わり谷村六郎が牢屋医師を受け持つようになっていた。

谷村六郎は牢屋のしきたりにどっぷり染まった男だった。

入牢者が増え、満杯に近くなると、作造りと呼ばれる、牢内でこっそり行われる人減らしのために犠牲者が出る。

牢内での殺しも、牢役人の急死の訴えそのままに牢屋医師は病死として診断する。

そうすれば牢役人から袖の下がもらえるのだ。

谷村六郎はそれを当たり前としている男だった。新吾は医者として許せないが、牢屋敷はそのおかげで秩序を保っているのだ。

「伊吹先生は出かけていますが」

六郎は言う。

「いえ、谷村さんにお願いがあって参りました」

「私に?」

六郎は不思議そうな顔をした。

「宿直《とのい》なので、これから牢屋敷に行かなければなりませんが、どうぞお上がりを」

「いえ、すぐ済みますので」

新吾は土間に立ったまま、

「先日、ねずみ小僧が入牢しましたね」

と、きいた。

「ねずみ小僧?」

「次郎吉という名前です」

「ええ、知っていますが」

六郎は不思議そうな顔をして、

「宇津木どのがねずみ小僧のことを口にしたのでちょっと驚きました」

「そうでしょうね」

「宇津木どのはあの男の知り合いなのですか」

六郎は好奇に満ちた目を向けた。

新吾は次郎吉との関係を簡単に説明し、

「牢内での次郎吉さんの様子はどんなですか」

と、きいた。

「もの静かです。牢屋敷に連れられてきたとき、天下の怪盗をひと目見ようと私たちも門の近くで待ち構えていたんですが、拍子抜けしました。あれがねずみ小僧かと疑うほどにおとなしい男でした」

六郎が感想を述べ、

「入牢の際は、髷《まげ》に銭を隠してあったらしく、それ以上にねずみ小僧ということで牢役人たちからも一目置かれ、牢名主にも気に入られたようで、何ごともなく牢内で過ごしていました」

「髷に銭を？」

入牢の際、牢名主につると呼ばれる銭を渡さないと激しい仕置きが待っているのだ。次郎吉は小幡藩松平家の中屋敷から塀を乗り越えて逃げるときに捕まったのだ。髷にいつ銭を隠したのか。

万が一のときを考え、盗みに入る前に髷に隠していたのか。まさか、同心の大石杢太郎が親切心からしたとも思えないが……。

「谷村さま」

新吾が切り出す。

「次郎吉さんに会いたいのです」

「会いたい？」

六郎は怪訝《けげん》そうな顔をした。

「鍵役同心の増野誠一郎さまに私の頼みを話していただけませんか」

「そんなこと……」

六郎は困惑した。

「私も一時は牢屋医師として勤務した身です。その縁からのお願いです。増野さまに、私がお願いしたいことがあると伝えていただけませんか」

新吾は哀願する。

「そうですな」

　六郎は顔をしかめた。

「増野さまに話を通すだけでも」

「わかりました。増野さまに話すだけはしておきましょう」

「ありがとうございます」

　新吾は頭を下げた。

「そろそろ出かけないと」

　六郎は言ってから、

「次郎吉に会ってどうなさるんですか」

　と、訝しげにきいてきた。

「最後のお別れを言いたいだけです」

「最後のお別れ、ですか」

　六郎は頷き、

「二、三日したら、またここに来てください。それまでに話を通しておきますから」

「お願いいたします」

　新吾は礼を言い、六郎と別れた。

翌日の夕方、新吾は幻宗の施療院に行った。

いつものように診療を終えた幻宗が濡縁で湯呑みの酒を呑みはじめてから、新吾はそばに行った。

「先生、よろしいでしょうか」

新吾は声をかける。

「うむ」

幻宗は湯呑みを手にしたまま顔を向けた。

「昨日の朝、牢屋敷から取調べのために奉行所に向かう次郎吉と顔を合わせてきました」

新吾は続ける。

「すっかり観念した表情でしたが、目の前を行き過ぎるときには私の顔をじっと見つめて、何か言いたそうでした」

「そうか」

幻宗は湯呑みを口に運び、残りを呑み干した。

次郎吉は何か言い残したいことでもあったのか。しかし、もはやそれを聞くことも出来ぬな」

　幻宗は困惑して言う。

「出来るかもしれません」

　新吾は口にした。

「どういうことだ？」

　幻宗は怪訝そうな顔を向けた。

「一時期、牢屋医師をしていたので鍵役同心の増野誠一郎さまとは親しくしていました。その縁で、次郎吉さんに会えるように頼んでみるつもりです。牢屋医師谷村六郎どのの助手として牢屋敷に入り込めるのではないかと」

「そうか。会えたら、あの金のことを確かめるのだ」

　幻宗は金のことを気にした。

「はい」

　新吾は応じたものの、答えはわかっていると思っている。次郎吉は新吾に、施療院で役立ててくれと言ったのだ。

「次郎吉さんはこれまでに何人ものおかみさんや妾がいたそうですが、別れるときに去り状を渡していたそうです」

「去り状か」

「はい。いつ自分が捕まっても迷惑がかからないように気を使っていたようです。しかも、今回は金まで預けている。それほど、何か不安を覚えていたのです。それなのに、なぜ、盗みに入ったのか」

新吾は次郎吉の胸中を察するように、

「危険かもしれないとわかっていても、やらざるを得ない何かがあったのではないでしょうか」

「そうかもしれぬ」

幻宗は暗くなった庭に目をやりながら言う。

「先生」

新吾は声をかけ、

「次郎吉さんは、あのお金は施療院で使ってもらいたいと言うと思います。その場合はどうなさるのですか」

と、きいた。

「きいてからだ」

幻宗は眉根を寄せた。

幻宗にとってあの金は迷惑なことなのだろうか。盗んだ金だからか。それとも、誰からの援助も必要ないからか。

幻宗は患者から一銭もとらない。それで、施療院がどうしてやっていけるのか。かねてより不可解だった。

ただ、幻宗はどこかに薬草園を持っている。そこでは高価な高麗人参《こうらいにんじん》の栽培もしているようだ。

一応そこから得た儲けによって施療院が成り立っているようだが、果たしてそれだけで足りているのかわからない。

新吾は幻宗に挨拶をして引き上げた。


二日後の夕方、新吾は須田町に谷村六郎を訪ねた。

六郎は新吾の顔を見るなり、

「増野さまは承知してくださった」

と、口にした。

「いつでもよいそうだ」

六郎は鍵役同心の増野誠一郎に話をつけてくれたのだ。

「これからでも？」

新吾はきく。

「これから？」

六郎は微かに眉を寄せたが、

「わかった。では、これから行こう」

と、出かける支度《したく》をした。

ふたりは小伝馬町の牢屋敷に向かった。

新吾は久しぶりに小伝馬町の牢屋敷に足を踏み入れた。

六郎の案内で牢屋医師の詰所に行く。懐かしく、部屋の中を見回した。薬草が収まっている小抽斗の簞笥が剝げかかったままなのは以前のままだ。

薬をすりつぶす薬研《やげん》は新しいものに変わっていた。

「増野さまはすぐ参るそうだ」

六郎が言う。

鍵役同心の増野誠一郎を待ちながら、牢屋医師となってはじめて牢内での変死者の検死に立ち合ったときのことを思いだした。

牢屋下男《しもおとこ》から牢内で変死者が出たと呼ばれ、牢内に出向いた。死体を検《あらた》めて窒息死だとわかった。殺されたのだと告げると、増野から病死として始末してくれと言われた。

牢屋医師は殺しを病死とするのが役目ということかと反論したが、牢内には牢内の仕来《しきた》りがあるという返事だった。牢内には罪人が多過ぎる。人減らしが必要なのだと。

牢屋医師の伊吹昭六からも、罪人だからといって命の重さは変わりないというきれいごとはここでは通用しない、牢内は地獄なのだ、地獄には地獄の仕来りがある、牢内のことは牢名主に一任することになっていると言われた。

そういう現実を目の当たりにして愕然《がくぜん》としたことを思いだしていると、増野誠一郎がやって来た。

「宇津木先生、その節は」

増野は懐かしそうに言う。

「このたびは煩わしいお願いをして申し訳ありませんでした」

新吾は詫びた。

「いや、宇津木先生の頼みとあれば」

「次郎吉さんの牢内での生活はどんなですか」

新吾はきいた。

牢名主をはじめとする牢役人の役を得た囚人は畳を何枚も使っているが、平囚人はそうはいかない。ただでさえ劣悪な環境なのに、夜は畳一枚を何人もが共用し、ゆっくり手足を伸ばして眠ることさえ出来ない。

次郎吉もそんな暮らしをしているのだろうと思った。

「じつは次郎吉にはかなり届け物があるんです」

増野が口にした。

「届け物？　誰が？」

「それが無関係なひとたちです」

増野は顔を歪《ゆが》め、

「十年も捕まらずに、大名屋敷や大身《たいしん》の旗本屋敷だけに忍び込んで盗みを働いてきたということで町の者たちの人気が高く、届け物が絶えません」

「次郎吉さんが知らないひとたちですか」

「そうです」

「その届け物を牢名主に惜しげもなく振る舞っていますから、次郎吉の牢内での地位は高いようです」

「そうですか」

増野は真顔になって、

「次郎吉をここまで連れてきます。次郎吉には急病を装おうように言ってありますから、今頃苦しんでいるはずです」

と、言った。

「お手数をおかけします」

新吾は礼を言う。

増野は出て行った。

しばらくして、牢屋下男がやって来た。

「先生、すみません。無宿牢で急病です」

「よし」

六郎が立ち上がった。

新吾は六郎を見送り、次郎吉がやって来るのを待った。

二

しばらくして、谷村六郎とともに牢屋同心に連れられて次郎吉がやって来た。

「宇津木先生」

次郎吉は土間で立ち止まって頭を下げた。

「次郎吉さん」

新吾は声をかける。

「面目《めんぼく》ありません。足を洗うと約束しておきながら」

次郎吉はすまなそうに言う。

「宇津木先生。私はちょっと外に出ておりますから」

六郎が気を利かせて詰所を出て行った。

「すみません」

新吾は礼を言い、改めて次郎吉を部屋に上げようとした。

「いえ、ここで」

次郎吉は土間でいいと言うので、新吾も土間に下りて立ったままで向かい合った。

「牢内での暮らしはいかがですか。きつくはありませんか」

新吾はきいた。

「じつは差入れしてくれるひとが多く、それらを牢名主にも配っているので、不自由なりに居心地よくさせてもらっています」

次郎吉は答えた。

「見知らぬ人びとが差入れをしてくれているのですか」

「はい。ありがたいことに」

新吾は頷いて、

「教えてください。何があなたを盗みに向かわせたのですか」

と、さっそくきく。

「魔が差したというより、やはり長年染みついた盗人の性分からもう抜け出せない身になっていたってことです」

次郎吉は呟《つぶや》くように言う。

「そんなはずはない」

思わず、新吾は否定し、

「あの日の昼間、柳原の土手で次郎吉さんと二十七、八歳の女のひとを見かけました。深刻そうな様子だったので気になっていたのです。そのことと何か……」

と、迫るようにきいた。

「いえ、関係ありません」

次郎吉はあわてて言う。

「あの女のひとはどなたなんですか」

「あのひとは関係ありません」

次郎吉は強い口調で言う。

「あなたとかつて関わりのあったひとなのですね」

新吾は次郎吉の表情を見つめた。

「たまたまいっしょになっただけで、どこの誰か知りません」

次郎吉は目を伏せた。

「次郎吉さん」

新吾はなぜ正直に話してくれないのだと問いかけるように呼びかけた。

「すみません」

次郎吉はなぜか頭を下げた。

「あなたは小幡藩松平家の中屋敷に忍び込むことに気が進まなかったのではありませんか。なんらかの事情があって、やらざるを得なかったのでは?」

推し量っていたことを口にする。

「そんなことはありません」

「当日の夜、私が出てくるのを家の前で待っていてくれましたね。あれは万が一のときを考え、私に別れを」

「いえ、別にそういうわけでは」

次郎吉は首を横に振る。

「捕まるかもしれないという不安があったのではありませんか」

なおも新吾はきく。

「そうじゃありません」

「小幡藩松平家の中屋敷に狙いをつけたのはなぜですか」

新吾は質問を変えた。

「何度か前を通り、忍び込み易いと思ったからです」

次郎吉はよどみなく答える。

「幻宗先生の施療院にあるものを預けましたね」

新吾は小声になった。

「ええ」

「それも万が一という不安があったからでは？」

新吾は確かめようときいた。

「貧しい病人を助けるために使って欲しいと思ったからです」

次郎吉は新吾の言葉を認めようとしなかった。

「あのお金は、いつか堅気になって商売をはじめるための元手に貯めておいたものではないんですか」

新吾は確かめた。

「いえ、盗みをはじめたころ、盗んだ金を貧しいひとたちに配っていたんです。でも、ある者はお役人からそんなに金を持っているのがおかしいと疑われ、またある者は天から降ってきた金だからと賭場《とば》に行き、大負けをしてより借財を背負ってしまい、さらにある者は思わぬ金が入って働かなくなってしまったりと、あっしが望んでいたこととと違うことになって。義賊気取りで金をばらまいても、決して当人たちのためにならないということを思い知らされたんです。それ以来、貧しいひとに上げたつもりで酒樽に金を放り込んでいったら、あれだけの額に」

次郎吉はいっきに喋り、

「ですから、あの金を貧しい病人を助けるために使っていただけたら」

と、訴えた。

「そうですか。わかりました。幻宗先生にそう伝えます」

新吾は約束した。

「宇津木先生、これがあっしの定めだったんです。いくら盗みの前のことを考えたって、あっしの運命が変わるわけではありません。正直、もう少し生きていたかったとは思いますが……」

「次郎吉さん」

外で待っていた牢屋同心が顔を出した。

「そろそろ」

「わかりました」

新吾は応じる。

「幻宗先生やおしんさんによろしく言ってください」

次郎吉は口にした。

「高砂町のおせつさんにお伝えすることは?」

「短い付き合いだったが、楽しかったと」

次郎吉は口元を綻《ほころ》ばせた。

「わかりました」

「宇津木先生にもお世話になりました」

「いえ、それはこっちの台詞《せりふ》です。私に手を貸してくださり感謝しています」

のですか」

「次郎吉さん、最後にひとつだけ。塀の外に逃げたとき、すぐに同心と鉢合わせした
「えぇ」

「塀から外に出るとき、辺りに注意を払わなかったのですか」

「屋敷の者に追われていたので」

「そうですか」

新吾は割り切れないまま切り上げた。

「じゃあ、宇津木先生、お別れです」

牢屋同心に連れられて土間を出た次郎吉を追いかけ、

「次郎吉さん、何か差入れを?」

と、新吾は口にした。

「いえ、だいじょうぶです」

次郎吉は振り返って言う。

「宇津木先生、わざわざ会いに来てくださりありがとうございました。あっしは盗み

を働いてきましたが、貧しいひとたちから盗ったことやひとさまに危害を加えたことは一切ありません。自分の生きざまを後悔していません。あっしは澄んだ気持ちであの世に行けそうです。ですから、あっしのことで心を煩わせる必要はありません」

　次郎吉は死を覚悟していた。

「最後にお話し出来てよかった」

　次郎吉は口元に笑みを浮かべた。

「では」

　次郎吉は改めて会釈をした。

　次郎吉の背中を見送りながら、新吾は深々と頭を下げた。


　その夜、新吾は幻宗に会いに行った。

　いつもの場所で、幻宗は酒を呑んでいた。

「次郎吉さんに会ってきました。誰からもそそのかされたことはないと答え、私の考えをすべて否定しました」

　新吾は次郎吉と会ったときの様子を語った。

「そうであろうな」

「で、お金は貧しい病人を助けるために役立てて欲しいとのことでした」

新吾はさらに、次郎吉が義賊の真似をして失敗した話をした。

「ですから、盗んだ金ということに囚われなくてもよいような気がします」

「そうか」

幻宗はため息をついた。

「どうか、次郎吉さんの思いを汲んで患者さんのために」

新吾は訴えた。

「いちおう、預かっておく。いまのところ、困ってはいないが」

幻宗は言った。

「次郎吉さんは潔く覚悟を決めていました。澄んだ気持ちであの世に行けそうだから、自分のことで心を煩わせる必要はないと」

「いろいろ、周りに気を配っていたようだな」

「はい」

新吾は答えたが、

「ただ、私はどうしても、次郎吉さんが小幡藩松平家の中屋敷に忍び込んだことが引っ掛かるんです」

「仮に、何かの魂胆によって次郎吉が忍び込んだのだとして、それがわかったところで次郎吉の置かれた状況が変わるわけではない」

「はい」

「いつまでも次郎吉のことにかかずらっていても仕方あるまい」

次郎吉は無実の罪で捕まったわけではない。十年にわたって大名や旗本の屋敷に忍び込んで盗みを働いてきたのだ。

こうなっても仕方なかったのだ。新吾は自分に言いきかせた。

挨拶をして引き上げようとしたとき、新吾は迷ったが、

「先生」

と呼び掛け、顔を向けた幻宗に、

「妻の香保が身篭もりました」

と、打ち明けた。

「そうか」

厳めしい顔が崩れ、

「そなたが父親か」

と、感慨深そうに言う。

「はい」

「新しい生命の誕生はなににしてもめでたい」

死を見届けることも多い医者にとって、ひとが生まれることがこの上ない喜びと感じているようだ。

「おしん」

幻宗は手を叩いた。

「はい」

おしんがやって来た。

「新吾のところに子どもが出来たそうだ」

「まあ」

おしんも満面に喜色を浮かべ、

「よかったですね」

と、声を弾ませた。

「先生、お祝いにもう一杯お持ちしましょうか」

「うむ。もらおうか」

幻宗が応じた。湯呑み一杯の酒しか呑まないと決めているのに、幻宗は新吾のためにその禁を破ろうとしている。

「先生、いいんですか。二杯も」

新吾は気にした。

「今夜は特別だ。新吾にも」

「はい」

おしんは台所に向かった。

幻宗がこんなに喜んでくれるとは思わなかった。感情を表に出さない幻宗にしては珍しいことだった。

幻宗にはかつておかみさんがいたらしい。何らかの理由で別れたのか、それとも死別か。何も語ろうとしないので、幻宗のことは何もわからない。

おしんが湯呑みをふたつ持ってきて、新吾は幻宗とともにしみじみと祝い酒を呑んだ。しかし、頭の隅に次郎吉のことがこびりついて、自分の喜びだけに浸っていられなかった。

足を洗ったはずの次郎吉に何があったのか。やはり、そのことが引っ掛かると、新吾は思った。

数日後の夜、津久井半兵衛と升吉が小舟町の家にやって来た。

「次郎吉の行動がだいぶわかってきました」

半兵衛が切り出す。

「次郎吉はだいたい一年ごとに住まいを変えています。そのたびに女も変えているのです。たとえば」

半兵衛は紙切れを見せ、

「十年前は小石川片町《こいしかわかたまち》に住んでいて、おたきという女といっしょに暮らしています。次は芝《しば》の露月町《ろうげつちょう》、ここではおすまという女。そうやって、住む土地が変わるたびに女を変えている」

「住んでいる土地の周辺の大名屋敷に忍び込んでいたのですね」

逃げ帰る場所を確保して、夜働きをしていたのではないか。

「そのようです。実際に小石川片町に行って長屋できいてみると、十年ほど前に次郎吉とおたきという夫婦者が住んでいたと大家が言ってました。そして、その頃に次郎吉が盗みに入った屋敷は小石川から牛込《うしごめ》にかけてでした」

「そうですか。一年ごとに住まいを変えていたのは狙う屋敷の都合のようですが、なぜ女のひとまで変えていったのでしょうか」

「それについては、詮議の場で次郎吉が口にしていました。いっしょに暮らして一年も経つと、女から自分の仕事に疑いを向けられるそうです」

「ねずみ小僧とばれるということですか」

「そうです。ばれそうになると、去り状を書いて別れたそうです」

半兵衛は説明してから、

「問題はここからです」

と言い、升吉を促した。

「へえ」

升吉は頷き、

「次郎吉が自供したとおりに住んだ土地といっしょにいた女のことを時代を追って調べてみたのですが」

と息継ぎをして続けた。

「五年前に神田三河町《かんだみかわちょう》に二年住み、三年前から本郷菊坂町《ほんごうきくざかまち》に移り住んだことになっています」

「三河町に二年というのは長いですね」

「ええ、それで気になって三河町に行って調べてみたところ、三河町に住んでいたのは五年前の文政十年（一八二七）二月から文政十一年四月までの一年と二カ月でした」

升吉はさらに続ける。

「そして、本郷菊坂町には翌年の文政十二年一月からです。つまり、文政十一年五月から十二月までの八カ月間は空白なのです」

「次郎吉さんは嘘をついているんですね」

新吾は厳しく言う。

「ええ。単なる思い違いではないでしょう。あえて、隠しているのに違いありません」

升吉も言い切った。

「宇津木先生が柳原の土手で見た女は、この空白の時期にいっしょだった女ではないでしょうか」

半兵衛は口を入れる。

「そうかもしれません。なんとか、その女のひとを捜し出せないでしょうか。空白の時期に、次郎吉さんがどこに住んでいたのかわかれば」

新吾は口にする。

「本郷菊坂町の長屋の大家に確かめたのですが、次郎吉がどこから越してきたかは聞いていないんです。でも、長屋の住人で知っている者がいるかもしれないので、もう一度ききに行ってきます」

「本郷菊坂町の長屋でいっしょに暮らしていた女のひとの名は？」

「おすみです。今は、本郷三丁目で呑み屋をやっています。次郎吉からの手切れ金ではじめたそうです」

升吉が答える。

「おすみさんは次郎吉さんといっしょになる前は何を？」

「木挽町《こびきちょう》にある料理屋で働いていたそうです」

「じゃあ、次郎吉さんはその料理屋に客として行っていたんですね」

「そうでしょうね」

「それも空白の時期にでしょうね。その間いっしょに暮らしていた女のひとと別れ、料理屋の女中であるおすみさんを口説《くど》いたという流れになりますね」

新吾は想像して、

「空白の時期に次郎吉さんは木挽町周辺に住んでいたのかもしれませんね」

「おすみからもう少し聞き込んでみます」

升吉が言う。

「宇津木先生、これからはこの升吉が手をお貸ししますので、なんでも言いつけてください」

半兵衛が口を添えた。

「ありがとうございます。でも、津久井さまはどうしてそこまで？」

新吾は疑問を口にした。

「じつは、私も大石どのがねずみ小僧を捕まえた経緯に不審を持っているのです。ですが、私が表立ってそのことを口に出せません。私が騒げば、手柄を横取りされた恨みからだと反撃されますので」

半兵衛は打ち明けた。

「わかりました」

「それより宇津木先生こそ、どうしてこの件をそこまで？　これが無実の罪で捕まったものなら、次郎吉を助け出すという狙いがあることがわかりますが」

半兵衛が逆にきいた。

「足を洗うと誓った次郎吉さんがなぜ再び盗みに走ったのか。そのことを知りたいのです。さらに言えば、次郎吉さんはそのことを隠しているのです。次郎吉さんの苦しみを知らないまま、次郎吉さんの死出の旅を見送るのはつらいんです」

新吾は自分の思いの丈を吐き出した。

「津久井の旦那も仰ってくれましたので、あっしがお手伝いします。あっしは自由に動き回れますから」

升吉は意気込みを口にした。

しかし、意気込みに反し、事態は思うように進まなかった。

三

次郎吉に関わる調べに進展はないまま六月になり、さらに暑かった夏も朝晩は過ごしやすくなり、夕暮れには哀調を帯びたヒグラシが鳴き、鈴虫の涼しげな鳴き声が聞こえてくるようになった。

次郎吉のことでは胸が締めつけられるが、もう一方では新吾に楽しみがあった。

香保のお腹の子は順調で、岳父の漢泉と義母が小舟町の家にやって来て、戌《いぬ》の日に帯祝いをして、香保は岩田《いわた》帯を腹に巻いた。

「お願いがあるのですが」

安産の祈願に皆で詣で、そのあと近くの料理屋で会食したあと、新吾は漠泉に頼んだ。

「ややこが生まれるまで、義母さんといっしょにうちにいていただくわけにはまいりませんか。そのほうが香保も安心しましょうから」

「うむ。それはいいが、わしがいても役に立つまい」

「出来たら、医院のほうを手伝っていただきたいのです。じつは私はあることで自由に動き回れる余裕が欲しいのです。漠泉さまに患者を診ていただければ、私は安心して自分の用事に専念出来ます」

新吾は訴えた。

「漠泉さまを待っている患者さんがいることは承知しています。そのことを考えると、心苦しいお願いなのですが」

「わしを慕ってくれている医者がいる。その者に、わしの患者を託すことは出来るが」

漠泉は思案《しあん》顔で言う。

「それならぜひお願いしたい」

順庵が横から口を入れ、

「離れの増築も済み、いつでも住めるようになっています。香保のためにも、新吾のためにも」

と、懇願《こんがん》した。

「義母さんはいかがですか」

新吾は義母に顔を向けた。

「私はそのほうがうれしいですけど」

義母は漠泉に顔を向けた。

「漠泉さま。どうか」

新吾は迫った。

「そうだな。では、ややこが生まれるまで、世話になるか」

「とんでもない、礼を言うのはこっちのほうです」

新吾はほっとした。


七月七日、家々の軒や物干し台で、笹竹の笹の葉についた短冊が風になびいている。

その夜、小舟町の家に津久井半兵衛と升吉が訪ねてきた。

夕餉を済ませた新吾は、客間でふたりと向かい合った。

「昨日、お奉行のお白州《しらす》が終わりました。予期したように、次郎吉は引き回しの上に獄門という裁決だそうです」

半兵衛が切り出した。

「そうですか」

新吾は目を閉じた。

「今日、お奉行は次郎吉の処刑の書類を持って登城し、老中に渡したそうです。上様の裁可を待って、処刑の日が決まります」

「捕まったのは五月八日ですからもう二カ月が経ちました。ずいぶんかかりましたね」

「なにしろ、忍び込んだ大名屋敷や旗本屋敷の数が多いので、被害の確認をとるのに手間取っていたようです。中には、体面を重んじてか、被害に遭ったことを否定する大名もいたようですので」

「そうですか」

いよいよ、次郎吉の処刑が迫ってきた。新吾はやりきれなかった。

「宇津木先生。升吉から報告が」

半兵衛が言うと、升吉は身を乗り出し、

「やっと住まいが見つかりました」

と、切り出した。

「次郎吉さんの空白の時期のですか」

「そうです」

升吉は疲れた顔をしていたが、声には張りがあった。

「文政十一年五月から十二月までの八カ月間は築地《つきじ》の明石町《あかしちょう》の長屋に住んでいました。ただ、そこは独りでした」

「独りで住んでいたのですか」

新吾はきき返す。

「そうです。つまり、所帯を持っていたわけではなく、女を別の場所に住まわせて通っていたんじゃないでしょうか」

「なぜでしょうか」

「女が長屋暮らしを嫌がったか」

升吉は想像で言う。

「高砂町のおせつさんとの関係に似ていますね。次郎吉さんは元鳥越町の長屋に住みながら、ときたまおせつさんのところに通っていました」

「おせつは後家でしたね。すると、その女も後家か何か」

「八カ月間と比較的短いですね。ひょっとして、その女とは自分から別れたのではなく、そうせざるを得ない状況に追い込まれたのかも」

新吾は思いつきを口にする。

「女は誰かの囲われ者だったのではないでしょうか」

「囲われ者？　なるほど、旦那のいない日を狙って女に会いに行っていたわけですね」

升吉は合点《がてん》した。

「これまで、次郎吉さんが付き合ってきた女のひとの中に、他人の息がかかったひとはいましたか」

新吾は確かめる。

「いえ、いません」

「もしかしたら、次郎吉さんはその女のひとのことを本気で好いていたのかもしれませんね。その女を救うためだったらもう一度、大名屋敷に……」

その女を救うためだったのか、それともその女に騙されてのことか。

「少なくとも、その女は大石杢太郎さまと通じていますね」

新吾は言い切る。

「そうですね。大石さまの周辺を探れば、その女を見つけ出せるでしょうか」

升吉が言う。

「いえ。小幡藩松平家藩主の忠恵さまが絡んでいるのです。その女は松平忠恵さまの妾であるはずはありません。藩主の妾なら屋敷にいるでしょうから」

「すると？」

「その女は小幡藩松平家に出入りをしている商人の妾ではないでしょうか。そして、その商人は大石さまとも親しい」

「なるほど。それで皆繋がりますね」

半兵衛が口をはさむ。

「あくまでも想像に過ぎませんが、そう的外れではないような気がします」

「ええ。それに違いありません」

升吉は興奮する。

「大石さまと親しい商人なら、おそらく大石さまの管轄内にある商家だと思います。そして、小幡藩松平家に出入りをしている商人です」

「大石どのの受け持ちは本郷から小石川、あの辺りにある商家ですね」

半兵衛が厳しい顔で言う。

「小幡藩松平家の上屋敷はどちらでしょうか」

新吾はきく。

「外桜田《そとさくらだ》です」

半兵衛は答える。

「升吉親分」

新吾は意気込み、

「私もこれから調べに加わります」

と、口にした。

「患者さんのほうはだいじょうぶなのですか」

半兵衛が気にした。

「じつは漠泉さまがしばらくいてくれることになりまして」

香保が身籠もったことから説明すると、

「そうですか。それはおめでとうございます。漠泉さまもさぞお喜びのことでしょう」

と、半兵衛は目を細めた。

半兵衛の母の病気を漠泉が治したことがあり、それ以来、半兵衛は漠泉を恩人と思っているのだ。

「そういうわけですので、私もいっしょに」

新吾は覚悟を見せた。

次郎吉の処刑まで日にちは少ない。それまでに、女を探り出したかった。

新吾はふと思いだして、

「そういえば、大石さまが追っていた殺しの下手人は捕まったのですか」

と、半兵衛にきいた。

「いえ、まだのようです」

「まだ？」

新吾は訝りながら、

「いったい、その下手人は誰を殺したのですか」

と、きいた。

「下手人は辰助《たつすけ》という三十歳の男です。麹町《こうじまち》にある『瀬野屋《せのや》』という質屋の番頭を殺し、十両を盗んだかどだそうです」

「押し込みですか」

「いえ、盗品を質入れしようとして番頭に見破られ、かっとなって持っていた匕首《あいくち》で刺し、ついでに帳場にあった十両を奪って逃げたということです」

「それが五月の？」

「五月一日です」

「浜町の武家屋敷の中間部屋に潜んでいるらしいとわかって出向いたのが五月八日。それから、辰助はずっと逃げ回っているというのですね」

「そうです」

　半兵衛は頷いたあと、

「そのことが何か」

と、きいた。

「ねずみ小僧を捕縛したことに満足して、大石さまは辰助のことはどうでもいいと思っているのではないでしょうか」

「確かにねずみ小僧を捕縛したということのほうが、世間に与える衝撃は大きいですからね。しかし、だからといって、大石さまがひと殺しの探索を疎かにしているとは思えないが」

　半兵衛は自問するように首を傾《かし》げた。

「宇津木先生、ともかくあっしは小幡藩松平家の上屋敷の前で待ち構え、出入りの商人を調べてみます」

升吉が力強く言う。

「わかりました。私も上屋敷の傍まで行ってみます」

ようやく糸口が見つかり、新吾は改めて闘志を燃やした。


翌日は昼まで、松江藩上屋敷の番医師の詰所で過ごした。重役のひとりが目眩《めまい》がするというので診察をしたが、少し横になっていれば治る程度のものだった。

昼過ぎに上屋敷を出て、薬籠持ちの勘平を先に帰し、新吾は外桜田に向かった。

日比谷《ひびや》を過ぎ、外桜田の大名屋敷が立ち並ぶ一帯に出た。

辻番所で、小幡藩松平家の屋敷の場所を聞く。大名屋敷の長い塀沿いに教わった道順で歩いていると、前方に升吉と手下《てか》のふたりを見つけた。

「升吉親分」

新吾は近づいていって声をかけた。

「宇津木先生」

升吉が振り返る。

「あそこが小幡藩松平家の上屋敷です」

小幡藩松平家は二万石。松平姓でわかるように松平忠恵は譜代の大名だ。

「さっき、商人が入っていきました」

升吉が言い、

「問題の商人かどうかわかりませんが、その男に聞けば、出入りの商人のことがわかると思います」

四半刻（三十分）ほどで、潜り戸が開き、商家の主人と手代らしい男が出てきた。主人らしい男は四十歳ぐらい。肥っていて腹が出ている。

「あとを尾《つ》けます」

升吉が言う。

「わかりました。私は親分たちのあとに」

新吾は言う。

商家のふたりは新吾たちのいる場所と反対方向に歩きだした。

「じゃあ、行きます」

升吉と手下があとを尾ける。

新吾は遅れて歩きだした。

武家屋敷地を抜けて、町家が見えてきた。麴町四丁目の町筋を行く。

通りには武士や商家の内儀《ないぎ》ふうの女や職人などが行き来している。升吉の動きが止まった。

新吾は升吉に近づいた。

「あそこに入っていきました」

升吉の視線の先には小間物問屋の『近江屋《おうみや》』があった。

「ちょっときいてきます」

升吉と手下は『近江屋』に向かった。

麴町には高野長英が開業した医院がある。挨拶に行きたいが、今はそれどころではなかった。

やがて、升吉が戻ってきた。

「『近江屋』は違いました。出入りはしても、御用達ではないようです。それに、でっぷり肥った主人に妾はいそうもありません」

「そうですか」

「で、小幡藩松平家の御用達をきいたところ、麴町一丁目にある呉服問屋の『越後《えちご》

そうです。『越後屋』の主人は平右衛門《へいえもん》といい、四十半ばの遣《や》り手だ屋《や》』が御用達だそうです」


「よく話してくれましたね」

新吾は驚いて言う。

「『越後屋』の主人にあまりいい感情を持っていないようでした」

「なるほど」

「ちょっと店を見ましょう」

升吉が言い、麹町一丁目に向かった。

『越後屋』は間口の広い大きな店だった。客の出入りが多い。

「あっ」

升吉が声を上げた。

新吾も『越後屋』から出てくる巻羽織《まきばお》りで着流しの同心を見た。大柄で顎の長い男だ。その横に四十半ばぐらいの鋭い顔つきの男がいた。

「あの同心は大石さまですか」

新吾は升吉に確かめる。

「そうです。大石の旦那です」

四十半ばぐらいの鋭い顔つきの男が大石杢太郎を見送った。

「見送った男が平右衛門でしょうね」

新吾は確信を持って言う。

「そうでしょう」

「やはり、図星《ずぼし》でしたね」

これで、『越後屋』の主人平右衛門の妾が次郎吉といっしょだった女だと考えてよさそうだと、新吾は思った。

「あとは平右衛門を尾けて妾の住まいを見届ければ」

升吉は店の中に戻っていく平右衛門に目をやりながら言った。

大石杢太郎と越後屋平右衛門、そして小幡藩の松平忠恵が繋がり、平右衛門の妾を介して大石杢太郎は次郎吉を操ったのだ。

「でも、いったい何のために、次郎吉を罠にはめたのでしょうか。ねずみ小僧の捕縛という手柄を立てた大石の旦那だけが得をしたようにしか見えませんが」

升吉は疑問を呈した。

「そこがよくわかりません。ただ、小幡藩松平家が関わっていることを考えると、ねずみ小僧と小幡藩松平家には、何らかの因縁があったとも考えられます」

新吾は想像を口にする。

「因縁と仰いますと？」

「ねずみ小僧は以前に小幡藩松平家の上屋敷に忍び込んだことがあったのでは。そのとき、何か秘密を知ってしまった。あるいは、金といっしょに大事な書き付けも盗んだ……」

新吾は考えられることを口にしたが、

「何の証もありませんし、次郎吉さんも上屋敷に忍び込んだという自供はしていないのですから。ただ、自供になかったからといっても忘れているか、あえて隠したのかわかりませんが」

「ともかく、妾を見つけて、宇津木先生に確かめてもらえれば」

升吉は意気込んで見せた。

四

新吾は改めて小伝馬町の牢屋敷に行き、鍵役同心の増野誠一郎の計らいにより、次郎吉を牢屋医師の詰所に連れ出してもらった。

次郎吉は前回より頬もこけ、青白い顔で、新吾の前にやって来た。

新吾はおやっと思った。

「次郎吉さんには見知らぬ人びとからの差入れがあるんですよね」

「ええ、自分でも驚くくらいです」

「当然、食べ物もありますよね」

「あります」

「それを食べていないのですか」

「ええ」

「食べない？　なぜですか」

「町のひとはあっしを英雄のように勘違いしているんです。日頃威張っている大名や旗本からしか盗まないということで溜飲を下げたのでしょう。でも、あっしは英雄じゃありません。ですから、差入れを素直にいただくわけにはいかないのです」

「そんなに自分に厳しくしなくてもいいのでは？　牢屋の物相飯《もっそうめし》ばかりでは体の滋養にもならないでしょうに」

「あっしは獄門になる身。うまいものを食っても仕方ありません」

次郎吉は自嘲《じちょう》ぎみに言う。

「お白州が終わったそうですね」

新吾が話を変えた。

「はい。いよいよこの世から去る日が近づいてきました」

「何か、私に出来ることはありませんか」

「いえ。この世に何の未練も……」

強がりには思えなかった。だが、ほんとうに未練は何もないのか。

「柳原の土手でいっしょだった女の方に何か言伝でも」

新吾は次郎吉の表情を窺う。

「いえ、ありません」

届け物をしたひとの中に、その女がいるのではないかときこうとしたが、言葉を呑んだ。どうせ、否定するに決まっているし、そこまで追い込んではいけないような気がした。

新吾は深呼吸をして質問を変えた。

「次郎吉さんは麴町一丁目にある呉服問屋の『越後屋』をご存じですか」

「……」

次郎吉の顔色が変わった。

「いかがですか」

「知りません」

次郎吉は否定した。

「主人は平右衛門と言い、小幡藩松平家の上屋敷に出入りしています」

新吾は続ける。

「次郎吉さんが最後に忍び込んだのは小幡藩松平家の中屋敷です。ここに何か関係がありませんか」

「いえ、何も」

次郎吉は突き放すように言い、

「宇津木先生、あっしはお白州で今までやってきたことをすべて話しました。今は、罪を悔い、心静かに裁きの日を待つ心持ちになっているんです。もう、過ぎ去ったことを振り返る気はありません」

と、俯いた。

「申し訳ありません」

新吾は謝り、

「私はどうしても、足を洗うと誓った次郎吉さんが盗みを働いたことが引っ掛かっているのです。それに罠かもしれないと思いつつ、実行に踏み切ったのではないかと思えてならないのです」

「仮にそうだったとしても、あっしがやったことに変わりはないのですから」

次郎吉は厳しい顔で言い、

「あっしのことを思ってくれてのことだとわかっていますが、どうかこれ以上は……」

と、頭を下げた。

「わかりました。では、最後にこれだけは教えてください」

新吾は身を乗り出し、

「あなたは生涯で真剣に好いた女子《おなご》はいらっしゃいますか」

「……」

次郎吉は顔を上げた。

何か言おうとしたが、声にはならなかった。

「いらっしゃったのですね」

「いました」

次郎吉は答えた。

「その方とはどうして別れたのですか」

「いろいろ事情がありまして」

次郎吉は苦しげな表情で言う。

「お名前は？」

「いえ」

次郎吉は首を横に振った。

「その方は次郎吉さんがねずみ小僧だと知っていたのですか」

「知りませんでした」

「では、今の次郎吉さんの状況を？」

「……」

「知っているのですね」

「わかりません」

次郎吉は呟くように言う。

「いろいろ問いかけてすみませんでした」

新吾は詫びた。

「いえ」

次郎吉は顔を上げ、

「今日で、ほんとうに今生のお別れかと思います。どうか、宇津木先生はお元気で」

と、別れを告げた。

「次郎吉さん。私のことですが」

新吾は遠慮がちに、

「じつはややこが出来ました」

と、打ち明けた。

「ほんとうですか」

次郎吉の暗かった顔に笑みが浮かんだ。

「ええ、先日、帯祝いをして岩田帯をしました」

新吾は家族で安産祈願に行ったことを話した。

「そうですか。それはめでたいことです。自分のことのようにうれしいです。ただ、生まれてくるややこの顔を見られないのが残念ですが」

次郎吉は口惜《くや》しそうに言う。

「私も次郎吉さんにややこを見てもらいたかった」

新吾はやりきれない思いで言う。

戸が開いて、牢屋同心が顔を出し、

「そろそろよろしいでしょうか」

と、声をかけた。

「わかりました」

新吾は応じた。

次郎吉は戸口で振り返り、深々と頭を下げた。

もう二度と会うことは叶わないと思うと、ふいに胸の底から突き上げてくるものがあった。


その夜、新吾は深川常盤町に向かった。

幻宗の施療院に着くと、ちょうど幻宗は療治部屋から出て手を洗ってからいつもの場所に座った。

「先生、よろしいでしょうか」

「うむ」

「失礼します」

新吾はそばに腰を下ろした。

おしんが湯呑みに酒を注いで持ってきた。

幻宗は湯呑みを受け取り、一口すすってから、

「しばらく顔を見せなかったが、次郎吉のことで動き回っていたのか」

と、きいた。

「はい。昼間、牢屋敷に行き、次郎吉さんに会ってきました。すでに奉行所の調べは済み、上様の裁可を待って処刑がされるはずです」

新吾は胸をかきむしるように言い、

「次郎吉さんは穏やかでした」

と、様子を話した。

幻宗は何も言わずに黙って湯呑みを口に運ぶ。

「次郎吉さんに見知らぬひとたちからの届け物がたくさんあるそうです。町のひとたちにとってねずみ小僧は英雄なので、多くのひとが差入れをしているようです」

「ねずみ小僧は英雄か」

幻宗は呟く。

「次郎吉さんは困惑してました。自分は英雄ではないからと、届け物はすべて牢内の囚人に分けているようです。食べ物も手をつけないそうです」

「そうか。やはり、次郎吉はねずみ小僧から足を洗ったのはほんとうだったのかもしれぬな」

「えっ、どういうことですか」

新吾はきき返した。

「差入れの食べ物にも手をつけないのは最後の盗みは本心からではないということだ。新吾の言うように、何かに迫られて止むに止まれずにしたことだ」

幻宗は言い切り、

「そのことで、自分を罰しようとしている。差入れに手をつけないのは新吾への詫びでもあるのかもしれない」

と、付け加えた。

幻宗の見立ては単なる思いつきかどうかわからない。だが、新吾は当たっていると思った。

次郎吉は、ねずみ小僧として盗みを働いてきたことを決して卑下していなかった。ねずみ小僧としての矜持《きょうじ》を持っていたように思える。だが、最後の盗みは自分が望んだものではなかった。柳原の土手でいっしょだった女のために小幡藩松平家の中屋敷に忍び込んだのだ。

だから、差入れに手をつけない。食べ物に口をつけない。そう思ったとき、新吾はあることに気づいた。

差入れだ。柳原の土手でいっしょだった女は次郎吉に恩義があるはずだ。その気持ちを差入れという形で示してはいないか。

翌日の昼過ぎ、松江藩の上屋敷から引き上げ、新吾は小伝馬町の牢屋敷を訪れた。鍵役同心の増野誠一郎に頼んで、牢屋敷玄関脇で役人が届け物持参者から聞き書きしたものを見せてもらった。

そこには届け物をする相手の名と品名、そして届け物をした者の名と住まいが記されている。

次郎吉宛の届け物はかなり多かった。それらについて、新吾はひとりひとり見ていった。

柳原の土手でいっしょだった女が差入れをしたなら一度だけで終わらせない。そう思い、同じ名前の差入れ人を指で追った。

その結果、三回以上、差入れをしている者が三人いた。

ひとりは三河町一丁目の仁左衛門店《にざえもんだな》に住む左官の卓蔵《たくぞう》。もうひとりは小石川片町のおよね、そして木挽町一丁目半三郎店《はんざぶろうだな》に住むおいね。このおいねは五回も差入れをしている。五回目は三日前だ。

新吾は役人に訊ねた。

「このおいねというひとのことを覚えていませんか」

「おいねですか」

役人は台帳を見て、

「覚えています。何度も来ていますからね。二十七、八歳のふくよかな顔だちの美しい女子でした。次郎吉の前のかみさんのようです」

次郎吉の女房や妾においねという女はいなかったはずだ。

この女に間違いない、と思った。

新吾は牢屋敷を出て、木挽町一丁目に向かった。

途中、道をきいて半三郎店の長屋木戸を入った。しかし、新吾は不安を抱いた。新吾の見立てが正しければ、おいねは平右衛門の妾だ。

ちゃんとした一軒家か、二階建て長屋に住まわせてもらっているはずだ。

そう思いながら、井戸端で野菜を洗っている女に声をかけた。

「こちらにおいねさんというひとはいらっしゃいますか」

「おいねさん？　いえ、いませんよ」

女は振り返って答える。

「二十七、八歳の女のひとなんですが？」

「いません」

女は首を横に振った。

「この近くに、おいねさんというひとが住んでいるかどうかわかりませんよね」

「ええ」

「わかりました」

新吾は礼を言って引き上げた。

住まいは出鱈目《でたらめ》だった。しかし、名前はほんとうのはずだ。

届け物を渡すとき、牢屋同心は誰々からだと次郎吉に告げるはずだ。そのとき、出鱈目な名だったら、次郎吉は誰からかわからない。

おいねという名がわかっただけでもよしとしなければならない。

『越後屋』の主人平右衛門の妾がわかったとき、その名がおいねであれば、柳原の土手でいっしょだった女と決めていい。

あとは、升吉の知らせを待つだけだった。

木挽町の半三郎店を出てから、新吾は麹町に向かった。

五

麹町一丁目の『越後屋』の店先を見通せる場所に、升吉と手下が立っていた。

「まだ動きませんか」

新吾は声をかけた。

「昨夜、出かけましたが、寄合でした。その帰りも、どこにも寄っていません」

升吉は渋い表情で言ったが、

「ですが、そろそろって気もしています」

と、気張って言う。

平右衛門と大石杢太郎の親しげな姿を見て、升吉は大石に対してさらに敵対心を燃やしたようだ。

「さっき牢屋敷に行き、次郎吉さんに差入れをしている者の名を調べてきました。すると、五回も差入れをしている者がいました。二十七、八歳の女で、おいねという名です」

新吾は記された住まいが出鱈目だったことを伝え、

「柳原の土手でいっしょだった女はおいねだと考えていいかと思います。これで、平右衛門の妾がおいねという名であったら、すべて繋がります」

と、話した。

「平右衛門が早く動いてくれるのを祈るばかりです」

升吉は『越後屋』の店先を見ながら言う。

「では、あとはお願いいたします」

新吾は升吉と手下に声をかけて別れた。


新吾は麴町で開業している高野長英の医院に行った。

平屋の一軒家の軒下に蘭学塾と書かれた札が吊るしてある。

土間にいくつもの履物があった。塾生たちのものだ。まだ講義は終わっていないようだ。長英の名声に惹かれ、講義を受けるひとがかなり多い。

長英はシーボルトが作った長崎の『鳴滝塾』で塾頭をしていたほどの天才であり、知識はずば抜け、医術に関しても有能であった。その自負からか態度は傲岸《ごうがん》であり、他人から誤解されやすいが、根はやさしく、どんな患者にも対等に接していた。

広間のほうが騒がしくなった。講義が終わったらしい。

やがて、長英がやって来た。

「やっ、新吾ではないか」

長英が顔を綻ばせた。

「近くまで来たので」

「さあ、上がれ」

長英は勧めた。

その間にも塾生たちが土間に下りて帰って行く。邪魔にならないように新吾は急いで部屋に上がった。

居間に通されて向かい合った。

細面で額が広く、いかにも頭の切れそうな顔をしている。精悍《せいかん》な感じがするのは逃亡生活を経験したからだろう。

「また塾生さんは増えたようですね」

「うむ。増えた」

「長英さまを慕って集まってくるのですね」

「蘭学に関心を持つ者が増えてきたということだ。これからは西洋の技術だと皆気づいている」

　長英は満足そうに言う。

　住込みの婆さんが茶をいれてくれた。

「どうぞ」

「すみません。いただきます」

「まだ、松江藩の藩医をしているのか」

「はい」

　新吾を番医師として招くように藩主の嘉明《よしあき》公に進言したのは長英だった。長英は嘉明公にも信頼されているのだ。

「本心を言うと、俺はそなたに俺の右腕になってもらいたいのだ」

　長英が言う。

「私はあくまでも医師ですので」

「新吾、今度、俺たちの勉強会に来い」

　長英がまた誘った。天下国家のことを考えて、西洋のことを勉強しているのだ。仲間にはシーボルトの『鳴滝塾』を出たひとたちもたくさんいるという。

「川路聖謨《かわじとしあきら》さまにそなたの話をしたら、会いたがっていた」

川路聖謨は勘定吟味役である。たいそうな勉強家だ。西洋のことを貪欲《どんよく》に勉強しようとしている。誠実で人柄もよく、俺のように生意気な男ではないと、長英は言っていた。

「それに、田原《たわら》藩家老の渡辺崋山《わたなべかざん》さまとも近づきになれた」

「渡辺崋山さま？　絵描きの？」

「絵で有名だが、学問好きでいらっしゃる。俺に会いたいと仰ってくれた」

「そうですか」

「これから伊東玄朴のところにも顔を出すのか」

長英は口元を歪めた。

「はい。前回、会えなかったので」

「俺のところに寄ったのはついでか」

「ついでではありません。麴町と下谷町《したやまち》はずいぶん離れています」

「まあ、そうだが」

長英は顔をしかめ、

「どうせ、俺の悪口を聞かされるだけだ」

「そんなことはありません」

「まあいい。今度、勉強会に誘うから。会って、損のない者たちばかりだ。玄朴のように、富と栄達《えいたつ》しか考えない男とは違う」

「わかりました。都合がつけば」

「うむ。待っている」

長英は頷いた。

「そうそう、長英さまは『瀬野屋』という質屋をご存じですか」

新吾は思いついてきいた。

「うむ。以前に何度か利用したことがある」

「そこの番頭さんが殺されて十両を盗まれたそうですね」

「どうして知っているんだ?」

「ちょっと耳にしました。下手人は辰助という男だと」

「そうだ。盗品を質入れしようとして番頭に見破られて匕首で刺して殺し、十両を奪ったということらしい」

長英は言ってから、

「辰助はどうしようもない男だからな」

と、口をついて出た。

「長英さまは辰助を知っているのですか」

「うむ。じつは腹が痛いと言ってここにやって来た」

「患者だったのですか」

「腹の中に腫れ物が出来ていた。療治して痛みが引いたら、もうここに顔を出さなくなった。悪性の腫瘍《しゆよう》だ」

「腫瘍ですか」

「かなり悪い。長くは生きられない。ここ一、二年だろうな。自分でもそのことに気づいて、自棄《やけ》になってひと殺しのようなばかなことをしたのかもしれないな」

「辰助はどんな男なんですか」

「根っからの悪人ではないが、まっとうに生きていけない可哀そうな男だ。女房も子どももいると言うのにな」

「かみさんと子どもがいるのですか」

「ああ、五つになる子がな」

「そうですか」

ふたりが可哀そうだと思った。

「辰助はまだ捕まっていないのでしょう」

「まだ逃げ回っているようだ。ひとを殺し、十両を盗んだのだ。捕まれば死罪は間違いないだろうから必死に逃げ回っているのだろう」

「どこを逃げ回っているんでしょう」

「わからぬな。江戸を離れたか」

長英は首を傾げ、

「だが、いつか江戸が恋しくなり、帰ってくるのではないか。ましてや、女房と子どもがいるんだからな。逃げ回る暮らしは楽ではない」

シーボルト事件の連座で『鳴滝塾』の主だった者が投獄された中、長英はうまく逃げ延びた。逃亡生活を送っていたことがあるので、長英の言葉は実感がこもっていた。

「だが、逃げ回ってもせいぜい一年か二年だ。その間に、自分の命が潰《つい》える」

長英は無情に言う。

「奉行所のほうはそのことを知っているんですか」

「ああ。辰助の女房からきいたそうで、同心がここに確かめに来た」

「同心というと大石杢太郎さま?」

「そうだ。そんな名だったたな」

ふと思いついて、

「麹町一丁目にある『越後屋』の主人をご存じですか」

と、新吾はきいた。

「いや、知らぬな。なぜだ？」

「長英さまの名声に惹かれ、大店《おおだな》の主人さえも往診を頼んでないかと思いまして」

「『越後屋』に何かあるのか」

「いえ。そうではありません」

新吾は否定し、

「よけいなことをきいて失礼しました」

と謝り、

「では、これで」

「いつか、川路聖謨さまと引き合わせるからな」

長英の声を背中に聞いて、新吾は引き上げた。

麹町から玄朴が住む下谷長者町《したやちょうじゃまち》にやって来た。

戸口には患者が並んでいる。中に入れず、あふれているのだ。こちらもかなりの盛況だった。

新吾は迷った。顔を出せば、診療の邪魔になりそうだ。

伊東玄朴も長崎の『鳴滝塾』でシーボルトから西洋医学を学んだ。シーボルト事件に巻き込まれたひとりだ。

師である猪俣伝次右衛門の息子でオランダ通詞猪俣源三郎《げんざぶろう》が幕府天文方兼書物奉行である高橋景保から頼まれた日本の絵図をシーボルトに届けたのが玄朴だった。しかし、町奉行の追及にも最後まで、中味を知らなかったとしらを切り通したという。

シーボルト事件の連座を免れた玄朴は、本所番場町《ほんじょばんばちょう》に医院を開業し、その後、下谷長者町に引っ越した。

貧農の家に生まれた玄朴は隣村に住む医者の下男をしながら医学の勉強をした。長崎に行っても寺男《てらおとこ》として働きながら医学を学んだ。食う物にも事欠く暮らしをしながら医家の道を突き進んだのだ。

富や栄達を望まないという新吾をあまっちょろいと批判しただけあって、医者で成功しようという思いは人一倍強かった。俺は、貧しさから逃れようと富や栄達を求めたからこそ、その思いが力となって堪えがたい苦労を乗り越えることが出来たのだと、玄朴は言った。

長英のところは塾生でいっぱいだったが、玄朴のほうは患者だ。生きざまが現われている。

引き上げようと思ったが、前回も会わず仕舞いだった。

助手に声をかけ、新吾は待たせてもらった。

すると四半刻（三十分）後に、玄朴がやって来た。

「新吾、久しぶりだ」

「ご無沙汰しております」

新吾は挨拶をし、

「患者さんのほうは？」

と、気にした。

「助手に任せた」

そう言い、玄朴は向かいに腰を下ろした。

「いいんですか」

「だいじょうぶ」

「そうですか」

新吾は頷き、

「肥前《ひぜん》藩の藩医におなりになったそうで」

と、声をかけた。

「たいしたことではない」

玄朴は強がりのように言い、

「俺はもっと高みを目指しているのだ」

と、胸を張った。

「玄朴さまならなし遂げられそうですね」

「新吾。そなたとて、その気になれば奥医師を目指せるだろう。幻宗のようなやり方に生き甲斐《がい》があると思うか」

「幻宗先生は今のやり方が与えられた使命だと思っているんじゃないですか」

「俺から言わせれば……。いや、やめておこう」

「気になりますが」

「幻宗の生きざまのほうが、まだ長英よりましだ」

玄朴は冷笑を浮かべた。

「長英さまは蘭学の塾を開いて、後進を育てています」

「長英は医者ではなく道を逸れている。何が天下国家だ」

玄朴は吐き捨てた。

また、長英批判になった。

「蘭学はあくまでも医学に留めるべきだ。このままなら、いつか国事にまで口を出すようになり、やがて身を滅ぼす」

玄朴は口元を歪めて言った。

玄朴は長英を批判している割には、長英のことをよく知っている。気にしているのだ。

「玄朴さまはほんとうは……」

新吾は言いさした。

「なんだ?」

「いえ」

「途中でやめられたら気になる。そなたもさっきそう言っていたではないか」

「はい。でも、たいしたことではないので」

「それでもかまわん。言ってみろ」

玄朴はむきになっていた。

「わかりました」

新吾は頷き、

「玄朴さまは長英さまのことをずいぶん気にしているようなので、ほんとうは長英さまのことが好きなのではないか。そんなことを思ったのです」

「ばかばかしい」

玄朴は顔をしかめ、

「あの男の生きざまと俺とはまったく相容れない」

と、吐き捨てた。

「すみません、よけいなことを」

新吾は素直に謝った。

「いや」

興奮したことを恥じるように、

「わしはもっと大きな医院を建てるつもりだ。その準備をしている」

「大きな医院ですか」

「いや、大きいばかりではない。見かけもよくする」

玄朴は笑みを浮かべ、

「世間は見た目で判断する。豪壮な医院を建てれば、それなりの金がある患者もやって来る。そうやって評判を呼べばいつか上のほうの目にとまろう」

と言い、付け加えた。

「とかく、世間とはそんなものだ」

「玄朴さまは確かな腕がおありです。世間はそのほうを見ています」

そこに助手が玄朴を呼びに来た。

「先生、お願い出来ますか」

「すぐ行く」

玄朴は答え、

「新吾、また来てくれ」

と言い、立ち上がった。

玄朴の家を出ると、辺りは薄暗くなっていて風もひんやりしていた。


その夜、夕餉のとき、順庵が口にした。

「『夕顔堂』の往診で、隠居から面白いことを聞きました」

順庵は岳父の漠泉に話しかけていた。

「ほう、なんでしょう」

漠泉は仕方なさそうに応じる。

漠泉はひとの噂話には興味がないのだ。

日本橋通南二丁目にある『夕顔堂』は、娘が西丸老中水野越前守《えちぜんのかみ》忠邦の妾になったために急に伸《の》してきた菓子屋だ。

「三佞人《さんねいじん》がいるそうだ」

順庵は得意そうに続ける。

「今の本丸老中である三人によって賄賂が横行し、秩序もなにもあったものではないそうだ」

漠泉が頷きながら聞いている。

新吾が助け船を出そうとしたが、漠泉は目顔で押さえた。

「お腹のほうはどうだ？」

新吾は香保にきいた。

「ええ、順調です」

「よかった」

答えたとき、耳にある名前が飛び込んできて、新吾は思わず順庵の顔を見て、

「今、なんと」

と、きいた。

「何がだ？」

「今、ねずみ小僧と仰いませんでしたか」

新吾はきいた。

「ああ、そのことか。越前守さまはねずみ小僧のことをよく知っていて、ねずみ小僧のような男が家来にいたら三佞人の屋敷から賄賂の証となるものを盗ませたものをと、残念がっていたそうだ」

「賄賂の証……」

新吾は次郎吉が小幡藩松平家の中屋敷に忍び込んだことに思いを馳せた。

次郎吉の狙いは金ではなく、他の何かだったのではないか。やはり、あの盗みは金ではなかった……。

順庵は話を続けていたが、新吾はもう聞いていなかった。次郎吉の狙いを改めて考えていた。

第三章　獄門首

一

翌日の昼過ぎ、新吾が松江藩上屋敷から小舟町の家に帰ると、戸口の脇で升吉と手下が待っていた。

「昨夜、ついに見つけました。やはり、平右衛門の妾はおいねと言いました」

升吉が気負って言う。

「よく見つけてくださいました」

新吾もほっとした。

昨日の夕方、平右衛門は駕籠《かご》で橋場《はしば》に行った。升吉と手下はあとを尾け、橋場の渡し場の近くにある妾宅を突き止めた。

近所の酒屋できくと、妾宅にはおいねという二十七、八歳の女と手伝いの婆さんが住んでいて、ときたま旦那がやって来て泊まっていくということだった。

酒屋の亭主は酒を届けたとき、旦那を一度だけ見かけたことがあり、四十半ばぐらいの鋭い顔つきの男だったという。

「おいねが引っ越してきたのは三年ほど前だそうです」

「やはり、それより前は木挽町に住んでいたのですね」

次郎吉は平右衛門のいないときに妾宅に入り込み、おいねと会っていた。だが、平右衛門の知るところになって、ふたりは手を切らざるを得なかった。平右衛門は次郎吉からおいねを引き離すため、橋場に引っ越しをさせたのだろう。

「あとは宇津木先生に確かめてもらえれば」

升吉は言う。

「わかりました。これから、行きましょう」

新吾はいったん家に入り、改めて升吉たちと橋場に向かった。

おいねの家は黒板塀に囲われ、庭に松の樹があり、いかにも妾宅という感じだった。

その家に、次郎吉と関わった女がいるかと思うと胸が騒いだ。

「平右衛門は朝、引き上げました」

升吉が言う。

「家にいるのはおいねと婆さんだけですね」

新吾は確かめる。

「そうです。どうしますか。おいねが出てくるのを待ちますか」

「いえ、訪ねてみます。そして、私が見た女子でしたら、その場で問い詰めてみます」

新吾は言い、

「ただ、素直に喋るとは思えません。平右衛門や同心の大石さまが睨みをきかせているはずですから何も言えないでしょう」

と、おいねの気持ちをおもんぱかった。

「では、どうします?」

「とりあえず、会ってみます」

「わかりました。あっしらは顔を出さないほうがいいでしょうね。格子戸のそばで聞き耳を立てています」

升吉は鋭い顔で言った。

「では」

新吾は妾宅に向かった。

格子戸に手をかけ、

「ごめんください」

と、声をかけて開けた。

すると、婆さんが上がり框まで出てきた。

新吾は土間に入り、

「宇津木新吾と申します。おいねさんはいらっしゃいますか」

と、きいた。

「どのようなご用で？」

用心深く、婆さんはきいてきた。

平右衛門が訪問客に対してこのように応対しろと言いきかせているのだろうか。

次郎吉の名を出すと警戒されて顔を出さないと思い、とっさに嘘をついた。

「同心の大石杢太郎さまの使いだとお伝えください」

「大石さまで？」

婆さんは奥に向かった。

しばらくして色白のふくよかな顔で、目鼻だちの整った女が現われた。

「おいねですが」

上がり框の近くに腰を下ろした。

間違いなかった。柳原の土手で次郎吉といっしょだった女だ。

「すみません。大石杢太郎さまの使いというのは嘘です」

「えっ？」

おいねは細い眉根を寄せた。

新吾は名乗った。

「私は次郎吉さんの友人です」

おいねは目を見開いて取り乱したが、すぐに、

「なんのことでしょうか」

と、虚勢を張ったように凛《りん》としてきいた。

「次郎吉さんのことで」

「そんなひと、知りません」

おいねは突き放すように言った。

予期したとおりの手応えだった。

「じつは、私は二カ月ほど前の五月八日、あなたが柳原の土手で次郎吉さんといっしょだったのを見ていました」

「……」

おいねは口をわななかせたが、

「人違いです」

と、強張《こわば》った顔で言った。

「五月八日の夜、次郎吉さんは私を訪ねてきました。そのとき、次郎吉さんは妙なことを言ったのです。こんなじめじめした陽気のせいか、気が滅入ってしまった。このまま、無事にいけるのだろうかと不安になったりと。およそ、普段の次郎吉さんらしくないことを言いだしたのです」

新吾はおいねの顔を見つめ、

「その夜、次郎吉さんは浜町にある小幡藩松平家の中屋敷に忍び込んだのです。そして、失敗して……」

「お止めください」

おいねが叫んだ。

「私にはなんのことかわかりません」

「あなたは、小伝馬町の牢屋敷に五回ほど差入れに行っていますね」

「いえ、そんなことしていません」

「でも、差入台帳にあなたの名前が書き込んでありました」

「同じ名の方でしょう」

「あなたではないのですか」

「そうです。私は次郎吉というひとを知りません」

「そうですか」

新吾は間を置いて、

「同心の大石杢太郎さまをご存じなのですね」

と、問いかける。

「いえ、知りません」

「でも、最初に大石杢太郎さまの使いだと言ったら、あなたは出て来てくれました」

「同心の使いというので、気になっただけです」

「あなたは『越後屋』の平右衛門さんの世話になっているのですね」

「すみません。お引き取りくださいませんか。さっぱりわからない話ばかりされても……」

おいねは顔をしかめて言う。

「小幡藩松平家の中屋敷の塀を越えて逃げてきた次郎吉さんを捕まえた同心が大石杢太郎さまです」

「……」

「平右衛門さんはその大石さまと親しい間柄なのです。そして、平右衛門さんは小幡藩松平家の御用商人」

「お願いです。どうか、お引き取りを」

おいねはきつい目つきで言う。

「次郎吉さんは処刑を待つ日々を送っています。さっき差入れの話をしましたが、次郎吉さんは差入れの食べ物を一切口にしないそうです」

「えっ？」

「不本意な盗みをしなければならなかった自分を責めてのことだったか。おそらく、最後の盗みは次郎吉としてやったことではないでしょうか。次郎吉さんはねずみ小僧から足を洗ったのですから」

新吾は続ける。

「次郎吉さんはあなたに騙されたと思っているのかもしれません。そうかもしれないと思いながら、小幡藩松平家の中屋敷に忍び込んだのです。案の定、不安は的中した。だから、あなたの差入れた物は一切口にしない」

「……」

おいねは唖然とした顔になった。

「でも、安心してください。次郎吉さんはあなたの名は一切喋ろうとしませんから」

新吾は俯いているおいねを見下ろし、

「また、お訪ねするかもしれません。失礼します」

と言って踵《きびす》を返した。

格子戸を開けると、升吉が立っていた。

門を出てから、新吾は、

「聞いていましたか」

と、確かめた。

「聞きました。おいねは嘘をついています」

「ええ」

「でも、このままでは」

「おいねは次郎吉さんを裏切ったことで苦しんでいます。そうせざるを得なかった事情があるのかもしれません」

「平右衛門の頼みを断れない何かですね」

升吉が目を剝いて言う。

「おいねのことを調べていただけませんか」

「わかりました」

「それから、心配なのはおいねがまた引っ越しをしてしまうことです」

「逃げるということですか」

「ええ」

「もうひとり手下がいますから見張らせます」

升吉は請け合った。

「お願いします」

新吾は小舟町の家に帰った。


その夜、津久井半兵衛と升吉が訪ねてきた。

客間で、ふたりと向き合った。

「まだ裁可がおりないようです」

半兵衛が切り出した。

次郎吉の処刑の件だ。上様の裁可がまだないのは不思議な気がした。

「何かあったのでしょうか」

西丸老中水野忠邦がねずみ小僧の噂をしていたという話を思いだして、新吾は不審に思ってきいた。

「奉行所のほうで次郎吉さんのことをまだ何か調べているのでしょうか。処罰が下ったというのに」

「奉行所は何もしていません。大石どのも機嫌がいいですからね」

半兵衛は答える。

「やはり、ねずみ小僧を捕まえたことで?」

「ええ、十年間も捕まえられなかったねずみ小僧を捕まえたということで、大石どのに称賛が集まっています。お奉行からもお褒めの言葉をいただいたと自慢しています」

半兵衛は反感を見せた。

「ほんとうに探索の結果で捕まえたのなら称賛に値すると思いますが、やはり裏があるという疑いは濃いですから」

新吾は言ったが、大石杢太郎は裁可がなかなかおりないことをどう思っているのだろうか。そのことを、半兵衛にきいてみた。

「大石どのはまったく気にしていないようです。大石どのにとってはねずみ小僧を捕まえたという事実が大きいのでしょう」

「質屋の番頭殺しのほうは下手人がまだ捕まっていないのですよね。それでも、大石どのは上機嫌なのですか」

「やはり、ねずみ小僧を捕まえたことのほうが衝撃が大きいですからね。大石どのも下手人が見つからなくともあまり気にしているふうではありません。それに、下手人の辰助は病に罹《かか》っているそうです。いつまでも逃げ果《おお》せないという自信があるのでしょう」

半兵衛は言ってから、

「それより、平右衛門の妾のおいねが次郎吉とわけありの女だったのですね」

と、確かめるようにきいた。

「はい、間違いありません」

新吾は自信を持って答えたが、

「ただ、おいねさんはほんとうのことを言おうとしません」

と、ため息をつく。

「平右衛門の手前、何も言えないのでしょうね」

「それだけでなく、もっと深い理由があるような気がします。おいねさんは次郎吉さんに差入れをしているのです。次郎吉さんをあざむいたことで苦しんでいるようです。それでも、ほんとうのことが言えないのは、もっと何か理由が……」

「それはなんでしょう?」

半兵衛がきく。

「たとえば、ほんとうのことを言うと、大事なひとに災いが降り掛かる……」

新吾は想像する。

「大事なひとと言うと、親、兄弟?」

「ええ」

「今、おいねの家族を調べています」

升吉が口をはさんだ。

「おいねに母親と弟がいることはわかりましたが、今どこにいるか捜しています。平右衛門が母親と弟の面倒を見ているのではないかと思っています」

「そうだとしたら、母親と弟のためにも、おいねは平右衛門を裏切れません」

新吾は痛ましげに言う。

「おいねの口を割らせることは難しそうですね」

半兵衛は顔をしかめ、

「仮に口を割ったとしても、次郎吉が処刑されてしまったら、確かめる術はありません」

と、表情を曇らせた。

そもそも、半兵衛はなぜこの件の調べに加わっているのか。

次郎吉が冤罪だからというものではない。半兵衛を動かしているのは大石杢太郎に対する敵対心であろう。

自分の受け持ちの浜町で、大石杢太郎はねずみ小僧を捕まえたのだ。そのことで、半兵衛は複雑な思いがあるのだろう。そもそも、次郎吉がねずみ小僧ではないかと目をつけていたのは半兵衛たちだ。

半兵衛の狙いはねずみ小僧捕縛に至る過程で、何らかの企みが施されたことを暴き、そこに大石杢太郎が加担していたことを明らかにして、大石に対して一矢を報いたいからであろう。

だが、次郎吉が処刑されてしまえば、何の意味もなさなくなる。

「津久井さま」

新吾は気にして、

「何かございましたか」

と、きいた。

「いや、そういうわけでは」

半兵衛は曖昧な言い方をした。

「旦那」

升吉も不審そうな顔で、

「あっしもそう思っていたんです。何かあったのではないかと」

と、半兵衛を見つめた。

「ひょっとして大石さまに何か言われたのでは?」

新吾は疑いを口にした。

「……」

半兵衛からすぐに答えがなかった。

「そうなんですね」

新吾は確かめる。

「大石どのからではない。上役の与力どのからだ。何をこそこそ調べているのかときかれ、次郎吉捕縛の不自然さを口にした。すると、大石杢太郎に対する嫉妬《しっと》だと言われた。慎むようにと注意を受けた」

「なぜ、その与力どのが?」

「大石どのが訴えたのかもしれぬ」

「大石さまは津久井さまが調べていることに気がついていたのですか」

「宇津木先生と頻繁に会っていることを知っていた。それから、宇津木先生が牢屋敷で次郎吉に会っていたことも差入れ人を調べていたことも知っていた」

「そうですか」

新吾は唖然とした。

牢屋同心の誰かが知らせたのだ。

「旦那。それですごすごと引き下がるのですか」

升吉が苦情を言う。

「いや。だが、表立っては動けない」

半兵衛は顔を歪め、

「宇津木先生も目をつけられていることに気をつけてください」

と、注意を促した。

「でも、かえって何かがあったということがはっきりしました」

新吾は自分の想像が間違っていないことを確信した。

二

八月十五日は仲秋の名月だった。空は晴れて、月影がさやかで、庭に萩《はぎ》の花が浮かび上がっていた。

縁側に、三方盆に団子や衣かつぎなどを盛り、座敷には家族だけでなく、助手や女中らも集まった。月に供える団子以外にひとりに十五個ずつの団子を配った。今朝未明から義母や香保、そして女中もいっしょになって作ったのだ。

「ずいぶん明るい月だ」

岳父の漠泉が夜空を見て言う。

「それに大きく感じる。無気味なほどだ」

順庵も目を見張って言い、

「何か、よくないことでも」

と、続けた。

「そんな縁起の悪いことを言うもんじゃありませんよ」

養母がたしなめる。

「そうだな」

順庵は自分の発言をすぐに引っ込めた。

だが、新吾は確信した。次郎吉の処刑が近いことを。

戸が開く音がして、「ごめんください」という声がした。

升吉の声だと思った。

「升吉親分だ」

新吾はそう言い、立ち上がった。

胸が騒いだのは、次郎吉の処刑の日が決まったと知らせに来たと思ったからだ。

土間に立っていた升吉は、

「夜分にすみません。早くお知らせしたほうがよいかと思いまして」

と、切り出した。

新吾は深呼吸をして升吉の声を待った。

「おいねの母親と弟のことがわかりました」

「そのことですか」

新吾は思わず呟き、

「どこに？」

と、きいた。

「上野南大門町《うえのみなみだいもんちょう》で小間物屋をやっていました。小さな店ですが、奉公人を三人使って」

「上野南大門町ですか」

伊東玄朴が医院を開いている下谷長者町の隣だ。

「平右衛門が元手を出していたようです」

升吉が言う。

「店は平右衛門のものだということですか」

新吾は確かめる。

「そのようです」

「なるほど。おいねが平右衛門の意に逆らえないのはこのことがあるからですね」

「そうだと思います。おいねの弟はどこかの商家に奉公していたそうですが、番頭に逆らってやめさせられたそうです。そのことがあって、どこの商家でも雇ってもらえないようです」

「明日、その店に案内していただけますか」

「わかりました」

「津久井さまはもう動きがとれないようですね」

新吾は同情した。

「ええ。上役から忠告されたのですから。あっしは関係ありませんから、だいじょうぶです」

「ですが、津久井さまから手札をいただいていることは知られているのでは？」

「何か言われたら、津久井の旦那に内緒で勝手に動いていたと言いますから」

升吉は言い、

「では、また、昼過ぎにお迎えに上がります」

「いえ、松江藩上屋敷から近いので、上野南大門町の自身番の近くで待ち合わせを」

「わかりました」

約束して、升吉は引き上げていった。

翌日の昼下がり、新吾は松江藩上屋敷を出ると、薬籠持ちの勘平とともに上野南大門町に行った。

　自身番に行くと、奥から升吉が出てきた。

　升吉は勘平に目をやった。

「ただ、店の様子を見るだけですので」

　新吾は勘平を連れてきたわけを話した。

「そうですか。じゃあ、行きましょうか」

　升吉の案内で、おいねの母と弟がやっている店に向かった。

　小商いの店が並ぶ中で比較的大きな店の前で、升吉は足を止めた。

「ここです」

『金扇堂《きんせんどう》』という看板がかかっていた。客の出入りは多いようだった。

「繁盛しているようですね」

　新吾は店先を見て言う。
　二十五、六歳の男が客を見送りに出てきた。色白で、ふくよかな顔はおいねに似ている。弟だろう。
「弟の公太《こうた》です」

　升吉が言う。

公太は客を見送って店の中に戻った。

他に手代ふうの男と小僧がいた。

「この店は平右衛門の持ち物ですから、公太や母親は平右衛門に雇われているということになります」

升吉は説明する。

「平右衛門の機嫌を損ねたら、この店から弟たちが追い出されるというわけですね」

新吾はおいねの弱い立場を哀れんだ。と同時に、絶望的になった。おいねがほんとうのことを言うとは思えないからだ。

「おいねから聞きだすのは難しそうですね」

新吾は呟くように言う。

「そうですね。ちょっとやそっとのことでは話さないでしょうね」

「やはり、狙いは平右衛門ということになりますが、平右衛門こそ口を割ることはないでしょう」

「ええ」

升吉も沈んだ声を出した。

「行きましょうか」

新吾は肩を落とした。

そのとき、あわただしく『金扇堂』から公太が飛び出してきた。

新吾の脇を行きかけて、あわてて足を止めた。

「もし、お医者さまですか」

「ええ」

新吾は顔を向ける。

「母が血を吐いて倒れたのです。診ていただけませんか」

公太はうろたえていた。

「わかりました。案内してください」

新吾は勘平とともに公太について『金扇堂』の裏口から入った。

坪庭に面した部屋で、五十近い白髪《しらが》交じりの女が腹這いになって呻いていた。ふとんにはどす黒い血があった。

冷や汗をかき、脈拍は乱れていた。

背中をさすりながら、

「痛いところはどこですか」

と、声をかけた。

「お腹が」

母親が上腹部に手をやった。

新吾は腹部を触診する。

「もうだいじょうぶです」

と声をかけ、汚れを拭き取って、うがいをさせて、新しいふとんに横向きに寝かせた。

やがて、寝息が聞こえてきた。

「いつ頃から不調を？」

新吾は公太にきいた。

「半月ほど前からみぞおち辺りが痛いとか、吐き気がするとか言いだしました。でも、しばらくすると治まっていたんです」

「そうですか」

新吾は痛み止めの薬を呑ませ、患者が落ち着いてきたのを確かめて、

「心配はいりません」

と、公太を安心させた。

「なんだったのでしょうか」

公太がきく。

「胃の壁に出来た腫れ物が裂けて出血したのです」

新吾は説明してから、

「私はたまたまこの付近を通り掛かっただけです。下谷長者町にいい先生がいますから、診てもらってください」

と、口にした。

「なんという先生でしょうか」

「伊東玄朴先生です」

「玄朴先生?」

公太は目を見開いた。

「ご存じですか」

「はい。高名な先生では?」

「そうです」

「診てくれるでしょうか」

「もちろんです。その先生に診てもらえば安心です」

「わかりました」

「勘平」

新吾は勘平に呼びかけた。

「伊東玄朴さまのところに行き、宇津木新吾の使いだと言い、明日にでも胃潰瘍《いかいよう》の患者の往診を頼めないかときいてきてくれ」

「わかりました」

勘平は出かけた。

「何か心配事や気にかかっていることはありませんか」

「ええ。いろいろと」

公太は言葉を濁した。

「そういうさまざまなことが負担になって胃の中に腫れ物が出来ていったんです」

「そうですか」

公太は深刻そうに俯いた。

「何か心当たりが？」

おいねに関係したことではないかと思いながら、新吾はきいた。

「……」

公太は俯いたままだった。

四半刻（三十分）後、勘平が戻ってきた。そして、その後ろから玄朴が現われた。

「玄朴さま」

新吾は目を疑った。

「新吾、そなたの頼みだ」

玄朴は言う。

「すぐに来てくれるとは思いませんでした」

「勘平から話を聞いてな。飛んできた」

「ありがとうございます。ともかく、患者を診てください」

新吾は場所を空けた。

「そなたが診たのだ。俺が今さら診る必要はないが」

そう言い、玄朴は患者のそばに行った。

瞼《まぶた》の裏を診て脈拍をとり、腹部に手を当て痛みの箇所をきいた。

「うむ、やはり、腹内に出来た潰瘍が裂けたのだ。血を吐いてびっくりしただろうが、心配することはない」

「はい」

公太は頷く。

「明日、念のために往診しよう。では、わしはこれで。患者が待っているのでな」

玄朴は言う。

「玄朴さま。ありがとうございます」

新吾は礼を言う。

玄朴を見送ったあと、新吾も公太に挨拶をして引き上げようとしたが、せっかくの好機と思い、

「さきほど、何か心配事や気にかかっていることがあるような口振りでいらっしゃいました。それが何か教えていただけませんか」

「いえ、家族の問題ですので」

「家族と仰いますと」

新吾はさりげなくきき、

「そのことで気を揉んでいると、いつまでも良くなりませんよ」

と、付け加えた。

「ええ」

公太は困惑ぎみに母親に顔を向けた。

「何か商売のことで問題が?」

新吾はあえて踏み込んだ。

「はい」

困惑ぎみに頷く。

「お店は繁盛しているようですが」

「じつは……」

公太は言いよどんだ。

新吾は公太の決心がつくまで待った。

「じつは、この店は私たちのものではないのです」

「……」

新吾は黙って公太の言葉を待った。

「この店の持ち主は、ある大店の旦那なのです」

「なぜ、そんな店をあなたが預かっているのですか」

「私の姉が大店の旦那の世話になっていまして、そこでいろいろ問題が……」

「どんな問題なのですか」

新吾はきいた。

「すみません。そこまではお話し出来ません」

公太は苦しそうに言う。

「そうですか」

新吾はいったん引き下がったが、

「想像するに、その旦那がお姉さんに何かを頼んだ。だが、お姉さんはそのことに気が進まなかった。だが、旦那は拒めば、あなたと母親を店から追い出すと脅した。そういうことがあったのではありませんか」

と、きいた。

「そうです」

公太は認めた。

姉のおいねは次郎吉を罠にはめて捕まえさせることなど出来なかった。だが、越後屋平右衛門は家族を人質にしておいねにやらせようとした。

やはり、次郎吉はおいねのために小幡藩松平家の中屋敷に侵入したのであり、金を盗むためではなかったのだ。

次郎吉は新吾との約束を守ったのだ。最後の盗みはねずみ小僧としてではなく、次郎吉としてやったのだ。そして、罠だということを次郎吉は気づいていた。それでも、おいねのために……。

新吾は『金扇堂』を出た。

升吉が待っていた。

「お待たせいたしました」

母親が急病になって手当てをしていたために遅くなったが、おいねの苦悩について告げた。

「やはり、罠だったのですね」

升吉は厳しい顔で言う。

「しかし、おいねは言わないでしょう。母親と弟が『金扇堂』から追い出されてしまいますからね」

日本橋に向かいながら、

「いったい、狙いはなんなのでしょうか」

と、升吉がきく。

「わかりませんが、次郎吉さんは大名屋敷や大身の旗本屋敷を専門に忍び込んでいたのです。次郎吉さんは金といっしょに何らかの書き付けを盗んだのでは……。いえ、あくまでも想像です」

「書き付けですか」

「吟味方与力の取調べで、そのようなことをきいていないか、津久井さまに調べてもらいましょう」

「わかりました。あっしから津久井の旦那に伝えておきます」

升吉と別れ、新吾は勘平とともに小舟町の家に帰った。

三

翌日の夜、小舟町の家に津久井半兵衛と升吉が訪ねてきた。

いつものように客間で向かい合ったあと、半兵衛が重々しい声で言った。

「ねずみ小僧の処刑が明後日十九日に決まりました」

「そうですか。とうとう」

新吾は深呼吸をし、胸の動悸を鎮めた。

「小伝馬町の牢屋敷を早暁《そうぎょう》に出発し、市中を廻って夕方に小塚原《こづかっぱら》で処刑されるようです」

半兵衛は続けて、

「天下のねずみ小僧を一目見ようと、見物人が沿道を埋めつくすと予想されています。

やはり、庶民の人気は高いようです」

と、付け加えた。

「そうなんですね」

ねずみ小僧は庶民にとっては英雄だったのは間違いないようだ。

「引き回しのときに、ざんばら髪に不精髭の悪人面を晒《さら》せない。どうしたらいいかと、牢屋奉行どのも頭を悩ませているようです」

しかし、いくら庶民の人気が高かろうが、次郎吉の命は尽きてしまうのだ。

「そうそう、吟味方与力どのに確かめましたが、金以外のものを盗んだという自白はなかったそうです」

半兵衛は付け加えた。

「なかったですか」

新吾は落胆した。

「明日、次郎吉さんに会ってみるつもりです。ほんとうに最後になりますが」

新吾はしんみりと言った。


翌日の夕方。新吾は小伝馬町の牢屋敷に行き、また鍵役同心の増野誠一郎の尽力で、牢屋医師の詰所で、次郎吉と向き合った。

「いよいよ明日、旅立つことになりました」

次郎吉は切り出した。

「残念です」

新吾はやりきれないように言う。

「さんざん、好き勝手をやってきたのですから思い残すことはありません。怖くないといえば嘘になりますが、澄んだ気持ちであの世に行けそうです」

「次郎吉さん。おいねさんのために死んでいけるからでは？」

「……」

次郎吉は口を半開きにしたまま声にならなかった。

「おいねさんは越後屋平右衛門の世話を受けています。おいねさんの母親と弟も平右衛門に『金扇堂』という店を任されていますね」

次郎吉は俯いた。

「あなたはおいねさんに頼まれて、小幡藩松平家の中屋敷に忍び込んだのですね」

「……」

「おいねさんは平右衛門に頼まれたのです。どうなんですか」

新吾は問い詰めるようにきいた。

「次郎吉さん、今日で今生のお別れなんです。あなたの最後の振る舞いを知っておきたいのです。友として」

「友？」

「そうです。友です」

新吾は力強く言う。

「あっしは、ねずみ小僧から足を洗うという友との約束を反故《ほご》にした男ですぜ」

「違います。あなたが小幡藩松平家の中屋敷に忍び込んだのは金が狙いではない。つまり、ねずみ小僧としてではなく、次郎吉としておいねさんのために……」

「……」

「次郎吉さん、おいねさんからどのように頼まれたのですか。聞いたからといって、おいねさんを責めたりしません。ですから」

「越後屋平右衛門から藩主松平忠恵さまにお渡しした書き付けを取り戻したいと」

ようやく、次郎吉は口にした。

「書き付けですか」

「あの夜は、松平忠恵さまは中屋敷に泊まる。書き付けも持っていると」

「実際にその書き付けはあったのでしょうか」

「捜す前に、気づかれたのです」

「なぜ、気づかれたのでしょう」

「あっしが忍び込んでくるのがわかっていたようです」

「罠だったのですね」

新吾は決めつけた。

「そうです。塀を乗り越えて外に出たとき、いきなり同心が現われました。待機していたんです」

「なぜ、そのことを取調べで言わなかったのですか」

新吾はきいた。

「言っても聞きいれてもらえないでしょうし、それにおいねさんを巻き込みたくなかったので……」

「次郎吉さんは」

新吾は確かめるように、

「おいねさんから頼まれたとき、罠だと気づいていたのでは？　私のところに顔を出したのは、別れを言うためだったのではありませんか」

「気づいたわけではありませんが、なんとなくおかしな感じはしました。それに、気が進まなかったこともあり、不安になったのです。かつて、こんなことはありませんでした。ひょっとしたらこれで最後かもと」

次郎吉は目を閉じた。

「それでもおいねさんのために」

「へえ、おいねさんはあっしがただひとり本気で好いた女子でした。平右衛門の妾だとわかっていながら、旦那の目を盗み、会っていました。でも、それがばれて」

目を開いて、次郎吉は言った。

「おいねさんはあなたがねずみ小僧だと知っていたのですか」

「あの当時は知らなかったはずです」

「平右衛門も？」

「知りません」

「では、いつあなたがねずみ小僧だと気づいたのでしょう」

新吾は疑問を呈した。

「じつはおいねさんとあの家で過ごしているとき、大石杢太郎っていう同心がいきなり乗り込んできたんです」

「大石さまが？」

「ええ、平右衛門に頼まれて、あっしとおいねさんを別れさせようとしたのでしょう。何だかんだと言い、もう二度とおいねさんに近づくなと」

「なるほど。それで大石さまは次郎吉さんの顔を知っていたのですね」

その後、松江藩上屋敷の忍び込みに失敗し、傷を負った次郎吉は幻宗の施療院で治療を受けた。そのことから、津久井半兵衛と升吉は次郎吉がねずみ小僧ではないかと目をつけた。だが、証もなく、手を出せないままでいるときに、大石杢太郎は次郎吉を見て、おいねと関係のあった男だということに気づいた……。

「なぜ、次郎吉さんを罠にはめたのでしょうか」

新吾は改めてきいた。

「あっしを捕まえたかったのでしょう」

「大石さまは自分の手柄に、平右衛門は自分の妾を寝取った男に復讐するためと、理解出来ます。しかし、松平忠恵さまにはどんな利益が？」

新吾は首をひねった。

「平右衛門から謝礼をもらったのではありませんか」

「そうですね」

あるいは、松平忠恵は利用されただけか。

「宇津木先生、どうかおいねさんをそっとしておいてください」

次郎吉は頭を下げた。

「わかりました。次郎吉さんの気持ちがわかって、これでどうにか気持ちを納得させることが出来るようです」

「じゃあ、お別れです」

「次郎吉さん。明日は沿道で見送りさせていただきます」

新吾は牢屋同心に連れられて行く次郎吉に別れを告げた。


翌日の早暁、新吾は小伝馬町の牢屋敷裏門の近くに来ていた。

空気はひんやりとしている。すでに野次馬《やじうま》が大勢集まっていた。

ここに来てから四半刻（三十分）、ようやく裏門が開いたようだ。新吾は複雑な思いで次郎吉を待った。

六尺棒を持った先払いの者が見えると、野次馬がざわついた。

罪状を書いた幟持《はたもち》、突棒《つくぼう》、刺股《さすまた》などの捕物道具を持った者が続く。やがて、馬が見えてきた。そこに次郎吉が乗っていた。

新吾はあっと叫んだ。周囲の見物人もどよめいた。驚いたのは次郎吉の姿だった。

次郎吉は月代を剃り、顔に薄化粧をし口紅を塗っていた。白い襦袢に青い縮緬《ちりめん》の帷子《かたびら》を着ていた。まるで芝居《しばい》を見ているようであった。

やがて、次郎吉が新吾の目の前を通り過ぎる。新吾に気づいたようで、次郎吉はやさしげな目を新吾に向けていた。

腹の底から込み上げてくるものがあった。次郎吉が顔を新吾に向けながら首を横に振ったのは、泣かないでと訴えているようでもあった。

新吾は目顔で別れを告げた。

引き回しの一行は日本橋、赤坂《あかさか》御門、四谷《よつや》御門、筋違橋《すじかいばし》、両国橋《りょうごくばし》をめぐって小塚原の処刑場へ向かう。刑場に着くのは夕方になるだろう。

引き回しの一行が見えなくなって、新吾はその場を離れ、松江藩上屋敷に行った。御殿の中にある番医師の詰所に入ると、すでに麻田玉林が来ていた。

「いつもより早いではないか」

玉林がきいた。

「今朝早く、小伝馬町の牢屋敷に……」

新吾は答える。

「そうか、今日はねずみ小僧が引き回しの上に獄門になるのだったな」

「はい」

「宇津木どのも物見高いことだ」

玉林は冷笑を浮かべたが、

「ねずみ小僧はどんな男だった？」

と、きいた。

「穏やかな顔に薄化粧をし、口紅を塗ってました」

「なに、薄化粧に口紅？」

「はい。白い襦袢に青い縮緬の帷子を着た姿は、まるで芝居を見ているようでした」

新吾はしんみりと言う。

「なぜ、そんな身形《みなり》を許されたのだ？　ねずみ小僧が望んだのか」

「いえ。ねずみ小僧は庶民の英雄であり、たくさんのひとが引き回しを見ようと集まってくる。英雄をいかにも極悪人のように扱って人びとの反感を買わないように苦心したのでしょう」

「そうか」

玉林は真顔になって、

「処刑はどこだ？　鈴ケ森《すずがもり》か小塚原か」

と、きいた。

「小塚原です」

「なら、夕方には稲荷町《いなりちょう》辺りを通るな」

玉林は目を輝かせた。

「見に行かれるのですか」

「うむ。ちと興味が湧いてきた」

その後、昼過ぎに、新吾は上屋敷を出た。

小舟町の家に帰ったが、次郎吉の処刑が頭から離れず、患者を診ることが出来なかったため、この日も漠泉に任せ、新吾は家をあとにした。

引き回しの一行は途中で何度か休憩をとるので、浅草田原町《たわらまち》に差しかかるのは夕方になる。

最後にもう一度、次郎吉に会いたいと思い、浅草に向かった。

田原町にやって来たとき、すでに野次馬がたくさん集まっていた。新吾が見物する場所を探していると、高砂町に住む後家のおせつの顔を見つけた。

おせつは強張った顔で上野山下《うえのやました》のほうを見ている。一行は本郷から湯島《ゆしま》を経て、上野山下から浅草に向かう。

おいねもどこかで次郎吉に別れを告げたことだろう。

辺りが薄暗くなって、ようやく六尺棒を持った先払いの者が見えてきた。続いて、罪状を書いた幟持、突棒、刺股などの捕物道具を持った者が続き、次郎吉の姿が見えた。

新吾に気づいて、次郎吉は顔を向けた。朝早くに出発しており、さすがに次郎吉も疲れが顔に出ていた。

化粧も口紅もはげかかっていた。

次郎吉は頭を下げ、新吾に改めて別れを告げた。

次郎吉が行き過ぎるのを見送っていると、一行の動きが止まった。『能登屋《のとや》』という鼻緒《はなお》問屋の前だ。最後の休憩をするようだ。新吾もそこに向かった。

次郎吉が馬から下ろされて、『能登屋』に入っていった。

検使与力や警護の同心たちも土間に置かれた腰掛けに座って休んだ。

「宇津木先生」

新吾は声をかけられた。

「おせつさん」

「いらっしゃったのですね」

「ええ。次郎吉さんはおせつさんに気づかれましたか」

「はい。微笑んでくれました」

おせつは嗚咽《おえつ》を漏らした。

「よかった」

それからしばらくして次郎吉が出てきた。化粧をしなおし、口紅も新たに塗ったようだった。

再び、馬上のひととなって次郎吉が刑場に向かった。

一行について行くというおせつと別れ、新吾は深川にまわった。

幻宗の施療院に着いたときにはすでに辺りは暗くなっていた。

診療を終えた幻宗はいつものように濡縁に座って庭を眺めながら酒を呑みはじめた。

「先生、今日は次郎吉さんの処刑の日です」

新吾は口にした。

「わざわざ引き回しのねずみ小僧を見に行ったという通い患者が何人もいた。顔に薄化粧をし、口紅を塗っていたそうだな。皆、芝居を見ているようだと言っていた」

「はい。まさに、庶民の英雄の最期にふさわしい姿だったと思います」

「そうだな」

幻宗も寂しそうに呟いた。

「もう処刑が済んでいるかもしれません」

次郎吉はすでにいないのだと、新吾は胸を切なくした。

「昨日、牢屋敷で次郎吉さんと最後の面会をしました。そこで、やっとほんとうのことを語ってくれました」

そう言い、新吾は越後屋平右衛門の妾おいねのことを話し、

「おいねさんに、平右衛門が松平忠恵さまに渡した書き付けを取り戻してもらいたいと頼まれて中屋敷に忍び込んだそうです。ところが、あっさり侵入が見つかり、塀を乗り越えたところに同心が隠れていたといいます」

「やはり罠だったのか」

「罠と薄々感づきながら、おいねさんのために忍び込んだようです」

「次郎吉らしい最期かもしれぬ」

幻宗は呟いた。

それからふたりで次郎吉を偲んで語り合った。

四

秋風が寂しく吹いている。荒涼とした小塚原に烏が啼いていた。

竹矢来の前には大勢の見物人がいた。

獄門台に次郎吉の首が晒されている。薄化粧をし、口紅を塗った唇が無気味に赤い。恐怖に怯《おび》えるような顔に思えた。

澄んだ気持ちで旅立てると言っていた次郎吉だったが、いざ首を刎《は》ねられるときに恐怖におののいたのだろうか。

新吾は痛ましい思いで、その場を離れた。

ふと、前方を津久井半兵衛と升吉が歩いて行くのが見えた。どうやら、ふたりも次郎吉の獄門首を見に来たようだ。

新吾はふたりに追いついて声をかけた。

「津久井さま」

半兵衛と升吉が足を止めて振り返った。

「宇津木先生」

半兵衛が驚いたように、

「次郎吉の晒し首を?」

と、きいた。

「ええ。津久井さまたちも?」

「次郎吉は罠にはめられたと思うと、このまま放っておけない気持ちになりましてね」

半兵衛が答えると、升吉があとを引き取り、

「得意そうな大石の旦那を見るとむかっ腹がたちますぜ」

と、吐き捨てた。

「次郎吉さんは罠とわかっていて、そのことで一切恨み言を口にしませんでした」

「いっそ恨み言を口にしてもらいたかった。ならば、大石どののをのさばらせることもなかったのに……」

半兵衛は悔しそうに言う。

「すべては終わってしまいました」

新吾はため息交じりに言う。

「ええ、肝心の次郎吉がいなくなった今、何を言っても虚しいだけです」

半兵衛はそう言うも、まだわだかまりは消えないようだった。

「それにしても、次郎吉はなんだか引きつったような顔をしていましたね」

升吉が思いだして言う。

「私も意外でした。澄んだ気持ちで旅立てると口にしていたんです。悟ったような次郎吉さんもいざ首を刎ねられるときに恐怖におののいたのかと思うと、胸が苦しくなります。穏やかな顔で死んでいったなら、私も気持ちの整理がついたのですが」

新吾は素直な気持ちを吐露した。

「日頃立派なことを言っていても、いざというときにひとは本性が現われるのでしょう」

半兵衛が呟くように言う。

途中で半兵衛たちと別れ、新吾は橋場にあるおいねの家に行った。

新吾は格子戸に手をかけ、

「ごめんください」

と、声をかけて開けた。

婆さんが上がり框まで出てきた。

新吾は土間に入り、

「先日お訪ねした宇津木新吾と申します。おいねさんはいらっしゃいますか」

と、声をかける。

するると奥から、おいねがすぐに顔を出した。

「たびたびすみません。次郎吉さんは昨日処刑されました。首が小塚原の刑場に晒されています」

「私は関係ありません」

おいねは撥《は》ねつけるように言う。

「会いに行かれましたか」

「どうぞ、お引き取りを」

つんとした態度は以前と同じだが、眉間に漂っていた暗い翳《かげ》はなくなっていた。

「処刑の前日、次郎吉さんにお会いしました。次郎吉さんはあなたのために死んでいったのです。次郎吉さんからはおいねさんをそっとしておいてくれと頼まれましたが、次郎吉さんの晒された顔を見たとき……」

新吾は途中で口を閉ざした。

「なんですか」

「いえ、話しても仕方ありません。失礼しました」

新吾は逃げるように外に出た。

おいねは次郎吉の処刑に心を痛め、苦しんでいるのではないかと思ったのだ。だが、おいねに苦悶の表情はない。

ほんとうに次郎吉とは無関係ではなかったかと思わせるような様子だった。

おいねにとっては、次郎吉が処刑されたことで何らかの踏ん切りがついたからかもしれない。本人がいなくなって、罠にはめたという負い目が消えたのだろうか。

だが、そんなに簡単に割り切れるのか。

新吾は得心いかないまま、小舟町の家に帰った。


新吾に平穏な日常が戻ってきた。

朝早く松江藩上屋敷に赴き、昼過ぎに小舟町の家に戻って通い患者の施療をする。だが、以前と違って漠泉がいるので、新吾には余裕が生まれた。

次郎吉の処刑から五日後の昼下がり、上屋敷を出て新吾は下谷長者町の伊東玄朴の医院に顔を出した。

診療の合間に顔を見せた玄朴に、

「『金扇堂』の主人の母親どのはいかがですか」

と、きいた。

「心配ない。そなたの対処が早かったので、回復も早い」

玄朴は当たり前のように言う。

「いえ、玄朴さまのおかげです。では、これにて」

「なんだ、もう帰るのか」

玄朴は不満そうに言う。

「すみません」

「いや、今度はゆっくりな」

「はい」

新吾は玄朴の医院をあとにした。

それから、上野南大門町の『金扇堂』に行った。

店先に立つと、店番をしていたおいねの弟の公太と目が合った。

「これは宇津木先生」

公太が出てきた。

「お母さまはお元気になられたそうですね」

新吾はきいた。

「おかげさまで」

公太はうれしそうに、

「ぜひ、母に会っていってください」

と、部屋に上がるように言った。

「いえ、よけいな気をつかわせてしまいますから」

「でも」

「お母さまの病気は思い悩んだりすることが一番いけませんから、どうかそのことを気にとめておいてください」

「はい。じつは母は私の姉のことでずっと悩んでいたのです。ですが先日、見舞いに来た姉が以前のように明るさを取り戻していて、母も安心したようです」

「お姉さまに何があったのでしょうか」

新吾はさりげなくきいた。

「わかりません。何も言いませんので。姉が苦しんでいる姿に母も……」

公太は言ったあとで、

「でも、もうだいじょうぶです」

「それはようございました。では、これで」

新吾は引き上げた。

次郎吉の初七日に当たる八月二十六日、新吾は小塚原に行った。

竹矢来は取り外され、三日間晒された次郎吉の首も片づけられていた。刑場の荒涼たる地のどこかに埋められているが、場所はわからない。

新吾は近くにある千住回向院《せんじゅえこういん》に行った。

山門をくぐり、処刑で亡くなった者たちの供養塔の前に立ち、新吾は手を合わせた。

今日で、自分の中で、次郎吉に対して区切りをつけようと思った。しばし、次郎吉との思い出に浸っていると、背後にひとの気配を感じた。

じっと、背中を見つめている。そんな気がして、新吾は振り返った。

おせつが立っていた。

「おせつさん」

思わず、新吾は声を上げた。

「初七日だから手を合わせに？」

「いえ」

おせつは厳しい顔で否定した。

「どうしたのですか」

なんだか様子がおかしい。新吾はまじまじとおせつの顔を見つめた。

「わからないんです」

いきなり、おせつが口にする。

「わからないって、何がですか」

「ほんとうに次郎吉さんが死んだのか」

おせつは思い詰めた目で言う。

「信じられない気持ちはわかります。私も、ふいに目の前に次郎吉さんが現われるような気がしてなりません」

新吾は正直に言う。

「そういうことじゃありません」

「えっ？」

新吾は思わずきき返す。

おせつは供養塔を見つめながら、

「ほんとうに次郎吉さんの亡骸《なきがら》はここに埋められたのでしょうか」

おせつは血走った目になっていた。

た。

「おせつさん」

新吾は呼びかけた。

おせつは次郎吉が処刑された衝撃で正気を失ってしまったのではないかと愕然とした。

「先生は晒された次郎吉さんの顔を見ましたか」

「ええ、見ました。それが？」

「何も感じませんでしたか」

「……」

おせつが何かとんでもないことを口にしようとしていると、急に胸がざわついた。

「違います。あれは次郎吉さんじゃありません」

おせつは興奮していた。

「でも、生きているときと死んだあとでは顔の感じは違って見えるでしょう」

新吾は落ち着かせるように静かに言う。

「そうですが、あの顔は絶対に次郎吉さんではないんです」

おせつは強い口調で言った。

「なぜ、そう言い切れるのですか」

「次郎吉さんの右耳の後ろに黒子《ほくろ》があるんです。晒された首にはありませんでした」

「どうしてわかるのですか」

「夜、警固をしているひとにお金を渡して調べてもらいました」

「そんなことを？」

新吾は驚いた。

「どう見ても次郎吉さんのようではないので頼んだんです。一両を渡すと、ちゃんと見てきてくれました」

「その者がいい加減なことを言っているのでは？」

「そんなことはないと思います。ちゃんと首を見ていましたから」

騙されているのではないかと思ったが、そんなことで騙すとも思えなかった。

「しかし、引き回しは次郎吉さんでした」

「はい。私も田原町で一行を見ました。次郎吉さんは私に気づいてくれました」

おせつは涙声で言う。

新吾も言われて気づいたが、やはり晒し首の雰囲気は違っていた。ただ、薄化粧をし、口紅を塗って……。

新吾ははっとした。

もし、薄化粧をし、口紅を塗っていなかったら、一目で次郎吉かどうかわかったろう。

まさか、あの化粧は……。

それに、おいねのことだ。『金扇堂』の公太の話では、母親の見舞いに来たおいねは、以前のような明るさを取り戻していたという。

おいねは次郎吉を罠にはめたことで苦しんできた。それなのに、次郎吉が処刑されたとたんに明るさを取り戻した。次郎吉がいなくなって割り切れるようになったのだろうか。それにしては早過ぎる。

「おせつさん。このことを誰かに言いましたか」

新吾は確かめる。

「いえ、誰にも」

おせつは首を横に振り、

「こんなこと、誰も信じてくれませんから」

と、怯えたように言った。

「誰にも言わないでください。知り合いの同心と岡っ引きの親分に相談してみます」

新吾は厳しい声で言う。

「信じてくれるのですか」

おせつは真顔になった。

「信じます。深い繋がりのあったおせつさんが感じたのですから」

新吾ははっきりと言う。

「ありがとうございます。私だけがもんもんとしなくてはならないのかと不安でした」

「今から考えると、薄化粧に口紅が気になります」

新吾は素直な気持ちを述べ、

「ここを離れましょう。ひとが来るかもしれませんから」

と、供養塔の前から離れた。

山門を出たところで、

「次郎吉さんは死んでいないのでしょうか」

と、おせつは望みを託すようにきいた。

「わかりませんが、生きているとも考えられます。でも、生きていても、私たちの前に顔を出せないでしょう」

「なぜ、ですか」

「死んだことになっているのです。それに疑問を持たれるような真似は出来ないでしょう。これは次郎吉さんひとりの考えで出来ることではありません。奉行所も牢屋敷の者も手を貸しているはずです」

「仮に生きていたとしても、もう会うことは叶わないのですね」

おせつは涙声になった。

「とりあえず、生きている可能性があるかどうかは調べましょう」

「はい」

「くどいようですが、このことは誰にも言わないように」

新吾は念を押した。

「はい」

「私も田原町で引き回しの次郎吉さんを見ました。確かに、本人でした」

竹矢来は取り壊されているが、獄門台の見える場所までやって来た。新吾は、そこに晒されていた首を思いだしながら、

「あのときは薄化粧をし、口紅を塗った首が次郎吉さん以外の男だとは想像もしていませんでしたから、確かに恐怖におののいた表情を不思議に思ったり、顔が少し違って見えても、死人の顔だからという思い込みが……」

と、言い訳のように言い、

「でも、田原町で見たのは確かに次郎吉さんでした。私にも気づいてくれました。次郎吉さんは馬上から知った顔を探していたようです」

新吾は次郎吉と目を合わせた。間違いなく次郎吉だった。

しかし、獄門台に晒されたのは次郎吉によく似た別人だ。

田原町から処刑されるまでの間で、入れ替わったのだ。次郎吉の意思ではなく……。

「田原町で、あなたも次郎吉を認めましたね」

新吾はきいた。

「はい。次郎吉さんでした」

おせつもはっきりと答える。

「あのあと、引き回しの一行は最後の休憩に入りましたね。次郎吉さんは『能登屋』という鼻緒問屋に入って行きました。休憩を終え、出発した一行に、あなたはついていったようですが」

「はい。でも、もう次郎吉さんは俯いたままで、こっちを見ようとはしませんでした」

おせつは首を横に振る。

「そうでした。化粧をし直していました。唇も紅く……」

新吾はやはりここでだと思った。

休憩を終えたあと、次郎吉はそれまでと違い、ただじっと俯いていた。

その変化は、処刑が近づき、平静でいられなくなったのかと思っていたが……。

「ひょっとして、『能登屋』で？」

おせつも気づいたように言う。

「おそらく、あそこで入れ替わったと考えられます」

新吾はこのままでは終われないと、自分自身に言いきかせた。

五

新吾とおせつは田原町にやって来た。

『能登屋』の店先に立った。土間は広く、店座敷にも客がたくさんいた。

「入ってみます」

おせつは店に入って行った。

新吾は少し離れた場所で、おせつが出て来るのを待った。

新吾は『能登屋』についてある想像をしていた。麹町の『越後屋』と関係があるのではないか。つまり、平右衛門の息がかかっているのではないかと。

おせつはなかなか出て来ない。

しかし、ここで入れ替わったとして、大きな問題があるのだ。次郎吉の身代わりで首を刎ねられた男がいる。

自分から進んで首を刎ねられようとする者はいまい。その男はなぜ、素直に次郎吉になりすまして処刑されたのか。

四半刻（三十分）余り経って、おせつが出てきた。

小走りに、新吾のところにやって来た。

「いかがでしたか」

「番頭さんにそれとなく話を向けたら、少し話してくれました。あのとき、引き回しの一行が到着するだいぶ前から、数名の男が主人の部屋に入り込んでいたそうです」

おせつが息を弾ませて言う。

「数名の男？　奉行所では？」

新吾は確かめる。

「同心もいたそうですが、違うようだと。それから、奉公人は店のほうは立ち入れなかったそうです」

同心とは大石杢太郎であろう。

「よく聞きだせましたね」

「客ですから」

おせつは新しい鼻緒を手にしていた。

「怪しまれてもいけません。行きましょう」

駒形《こまがた》から蔵前《くらまえ》を通り、浅草御門を抜けて浜町堀に面した高砂町にやって来た。

おせつを家まで送り届け、

「あとは私に任せてください。奉行所なども背後に絡んでいるようですから、注意をしてください」

と、新吾は注意をした。

おせつと別れたあと、新吾は自身番を巡り、岡っ引きの升吉を捜した。


その夜、小舟町の家に津久井半兵衛と升吉がやって来た。

昼間、千住回向院の帰りに升吉に会い、大事な話があるので来ていただきたいと頼んだのだ。

新吾は客間で、ふたりを前にさっそく口を開いた。

「お呼び立てして申し訳ありません」

「いえ、それよりなんですか。何か大事なお話だそうですが」

半兵衛が気になったように身を乗り出した。

升吉も新吾の顔を見つめている。

「今日は次郎吉さんの初七日なので、千住回向院の供養塔に手を合わせに行きました」

新吾は切り出した。

半兵衛は口をはさまず黙って次の言葉を待った。

「そこで次郎吉さんと付き合いのあった高砂町のおせつさんと会ったのですが、おせつさんがあることを口にしたのです」

「なんでしょう」

思わず、半兵衛が声を出した。

「おせつさんは処刑の翌日、獄門台の次郎吉さんに会いに行った。竹矢来からじっと見ていて、何か違うと思ったそうです」

「違う?」

半兵衛がきき直した。

「獄門台に晒された首は次郎吉さんではないのではと」

「今、なんと」

升吉が恐ろしい顔できいた。

「夜になってもう一度出かけ、おせつさんは警固のひとにお金を渡して、獄門台の首を調べてもらったそうです。次郎吉さんの右耳の後ろにあるはずの黒子が獄門首にはなかったと」

「……」

半兵衛は口を半開きにした。

「夜だったので黒子を見落としたとも考えられますが、明かりを向けたそうですから、見逃してはいないと思います」

「どういうことですか。そんなばかなことがありますか」

升吉が混乱したようにきく。

「私は朝に小伝馬町の牢屋敷を出たときと、夕方に田原町に差しかかったときの二度、次郎吉さんを見ました。確かに馬に乗っていたのは次郎吉さんでした」

新吾が言うと、半兵衛もそれを引き取って、

「私も次郎吉を確認しています。薄化粧に口紅を塗っていたので驚きましたが」

「庶民にとっての英雄を見すぼらしい姿で引き回して、世間から反感を買わないように配慮したそうですね」

　新吾は確かめる。

「そうです。私も大石どのからそう聞きました」

　半兵衛も応じる。

「今から思えば、他人を次郎吉さんに仕立てようと化粧をさせたのではないでしょうか。素顔だと、入れ替わったらすぐに気づかれてしまいます」

「どこかで、入れ替わったと?」

　升吉がきく。

「そうです。私が想像するに、一行が最後に休んだ田原町の『能登屋』です。そこから出てきた次郎吉さんは、剝げかかった化粧や口紅を手直ししていました。いえ、すでに別人に代わっていたのです」

「俄《にわ》かには信じられません」

　半兵衛は口にした。

「あっしも」

升吉は半兵衛に同調してから、

「宇津木先生はどうして信じたのですか」

と、きいた。

「私も獄門台の首を見て、おやっと思ったんです。刑場でも話しましたが、次郎吉さんは澄んだ気持ちで旅立てると口にしていたんです。覚悟が出来ていたことに感心していたんです。ところが晒された首の顔は恐怖に引きつっていた。升吉親分もそう言ってましたよね」

升吉がうなずく。

新吾は厳しい声で続ける。

「おせつさんの話を聞いたときには、さすがに私も次郎吉さんが亡くなった悲しみから頭が混乱しているのではないかと。でも、化粧をしたことや恐怖に引きつった顔など、別人とすればしっくりいくのです。なにより、次郎吉さんが罠にはめられた理由です」

「次郎吉は大名屋敷や大身の旗本屋敷から金といっしょに何らかの書き付けを盗んだのではないかと、宇津木先生はお考えでしたね」

升吉が口をはさむ。

「ええ。今回のことを企んだ人物は、ある大名の書き付けの中身が知りたかったのではないでしょうか。これも想像ですが、次郎吉さんは盗んだ書き付けを読んでいるはずです。取調べでは一切そのことは触れられなかったのですね」

「そうです。吟味方与力どのもお奉行も書き付けについて触れていません」

半兵衛が言う。

「よくよく考えたら、お白州ではそのことには触れられなかったのでしょう。ある人物にとって大名家の書き付けを調べるというのは、重大な秘密でしょうから」

新吾は慎重に言葉を選んで、

「これから、じっくり次郎吉さんから聞きだそうとするのでは……」

新吾は言ったあとで、

「今の話は仮定のひとつとして話しただけで、私もそうだと決めつけているわけではありません。それに、どの大名家の書き付けが狙いなのかもまったくわかっていません。私が言いたいのは、次郎吉さんを生かしておいて使い道があるということです」

「企んだのはどんな人物でしょうか。このようなことが仕組めるというと……」

半兵衛が怯えたように眉根を寄せた。

「老中か、その近くにいる人物でしょう。奉行所や牢屋敷の役人を仲間に引き入れているのですから」

新吾も思わず声をひそめた。

西丸老中水野忠邦がねずみ小僧の噂をしていたという話をしようとしたが、先入観を与えかねないと思い止まった。

「もし我らが、次郎吉さんは生きているのではと考えていることを知られたら……」

半兵衛が顔を歪めた。

「おそらく、秘密を守るために何らかの働きかけがあるでしょう。殺しにかかってこないとも限りません」

新吾は厳然と言った。

「危険を冒してまでやる意義があるとお考えですか」

半兵衛はきいた。

「ある人物の野望を食い止めたいなどとは考えていません。ただ、次郎吉さんが生きているのか死んでいるのか。そのことを確かめたいのです」

新吾は言ってから、

「津久井さまは動き回らないほうがいいかもしれません。奉行所への裏切りと見なされて……」

「お待ちください」

　半兵衛が制し、

「私も次郎吉が生きているのか死んでいるのか、そのことを調べます。背景に何があるかはまず置いといて」

　と、口にした。

「しかし」

「なあに、すぐには処分されませんよ。最初は呼び出され、警告を受けるだけです。そのときに、その後のことは改めて考えます」

「いずれにせよ、危険な調べになることは間違いありません」

　新吾は言う。

「覚悟の上です。もし、獄門首が別人だったら、江戸の人びとを騙したことになります。奉行所の信頼にも関わることです。調べるのは当然です」

　半兵衛は悲壮な覚悟を示した。

「あっしだって、ほんとうのことが知りたいですから」

　升吉も口にした。

「よかった」

新吾は安堵《あんど》し、

「私ひとりでは何も出来ません。おふたりを頼るしかないので」

と、ふたりに頭を下げた。

「まず何から?」

升吉が意気込んできいた。

「田原町の鼻緒問屋『能登屋』について調べていただきたいのです。麴町の『越後屋』、小幡藩松平家、あるいは大石杢太郎さま。この三者と深い繋がりのある商家ではないかと。そこで、入れ替わりが行われたと思われますので」

新吾はさらに続ける。

「獄門首が別人だったら、誰かが首を刎ねられて死んでいるのです。小伝馬町の牢屋敷内の囚人で処刑された男がいたかどうか」

「調べてみましょう」

半兵衛が言う。

「気をつけてください。決して次郎吉さん絡みの調べだと悟られないように」

新吾は注意をする。

「うまく聞きだします」

半兵衛は請け合った。

その後、いくつかのことを取り決めて散会となった。

居間に戻ると、順庵と漠泉が酒を呑んで盛り上がっていた。

どうやら、順庵は日本橋通南二丁目にある『夕顔堂』の話をしているようだ。そこの娘が西丸老中水野越前守忠邦の妾になっている。

「また、越前守さまの話ですか」

新吾は口を入れた。

「うむ。いずれ越前守さまは本丸の老中になられる。その越前守さまは『夕顔堂』の娘にぞっこんなんだと、『夕顔堂』の隠居は自慢している。往診のたびに、自慢話を聞かされている」

順庵の顔は朱に染まっていた。

「そういえば、越前守さまはねずみ小僧のことを知っていたのでしたね」

新吾はきいた。

「本丸老中のある三人は賄賂が好きで、秩序もなにもあったものではないと怒っていたようだ。ねずみ小僧が手下にいれば、その三佞人の屋敷から賄賂の証となるものを盗ませたのにと、越前守さまはねずみ小僧が捕まったことを残念がっていたという」

水野越前守が言う三佞人とは十一代将軍家斉の側近である水野忠篤《ただあつ》、林忠英《はやしただふさ》、美濃部茂育《みのべもちなる》の三人の老中のことだ。

この三人が幕政を私物化し、賄賂によって私腹を肥やしているという。

まさか、次郎吉の入れ替わりの企みの背後にいるのは水野越前守忠邦……。

「どうした？　そんなおっかない顔をして」

順庵が新吾に顔を向けた。

「いえ、なんでもありません」

あわてて、答える。

「新吾」

漠泉が声をかけた。

「最近、津久井どのがよくやって来るが何かあったのか」

「はい。事件のことでちょっと手を貸すことがありまして」

新吾は曖昧に言う。

「そうか。何か事件に深く関わっているのではないかと、香保が心配していたのでな」

新吾ははっとした。

香保のお腹に命が宿っているのだ。次郎吉が生きていることを明らかにするのは黒幕の人物にとっては不都合な振る舞いだ。場合によっては、新吾の命さえ危うくなるかもしれない。

そう考えたら危険な真似は出来ない。しかし、次郎吉に関わる疑惑をこのままにしておけないという思いも強い。

この件には津久井半兵衛と升吉をも巻き込んでしまった。背後に水野越前守がいるとしたら……。

事態は深刻かもしれない。

翌日の昼過ぎ、新吾は松江藩上屋敷を出て、三味線堀を過ぎ、向柳原から神田川にかかる新シ橋に差しかかった。

前方から饅頭笠《まんじゆうがさ》に裁《た》っ着《つ》け袴《ばかま》の侍が歩いて来るのに気づいた。

「間宮《まみや》さま」

新吾は思わず声を上げた。

しかし、最後に会ったとき、間宮林蔵《りんぞう》は仙台袴《せんだいばかま》に羽織りをまとっていた。公儀隠《おん》密《みっ》の職を解かれたと言っていたが……。

やがて橋の袂で、饅頭笠の侍とすれ違った。

間宮林蔵ではなかった。

饅頭笠の侍は佐久間町《さくまちょう》のほうに曲がって行った。

林蔵は新吾に用があるときは、いつも新シ橋で待ち伏せていた。

林蔵が公儀隠密の職を離れたわけのひとつに、年の問題があったようだ。各地を駆けずり回るのも年々しんどくなってきたと、口にした。

林蔵のことを考えているうち、最後に林蔵が口にした言葉を思いだした。

林蔵は勘定吟味役の川路聖謨と付き合いがあり、川路聖謨を介して高野長英とも再会したという。

シーボルト事件で巧みに逃れた高野長英を林蔵は追っていたのだ。公儀隠密ではなくなった林蔵は、かつて追っていた長英と今は誼《よしみ》を通じているようだ。

次郎吉のことで林蔵に相談できないか。そう思ったが、すぐに首を横に振った。

間宮林蔵まで危険に晒すことは出来ない。

新吾が小舟町の家に帰ると、戸口近くに升吉が立っていた。

「すみません。お待ちしてました」

升吉が近づいてきた。

「何かわかったのですか」

「ええ」

ふたりは伊勢町堀の人気のない場所に移動した。

堀の縁にある柳の木の陰で立ち止まった。

「『能登屋』は『越後屋』、小幡藩松平家、大石杢太郎さまのいずれとも関係がありませんでした」

升吉が切り出した。

新吾は首を傾げた。

「そうですか」

「ただ、津久井の旦那は、あの区域を受け持っている定町廻り同心の土屋《つちや》さまにはまだお訊ねしていないそうです。もし、土屋の旦那と大石の旦那がつるんでいたら、こっちの狙いがわかってしまいますから」

升吉は声をひそめて言い、

「ただ、『能登屋』と土屋の旦那はそんなに深い関係に思えないようです」

と、付け加えた。

新吾は水野越前守と『夕顔堂』の関係を思いだした。

「『能登屋』に娘がいるか調べていただけますか」

「娘？」

升吉は不思議そうな顔をした。

「娘がどこぞのお屋敷に奉公していないか」

「わかりました」

意味を悟ったようで、升吉は大きく頷いていた。

第四章 成敗

一

新吾は麴町の高野長英の医院に行った。

戸口に蘭学塾と書かれた大きな看板が出ていた。前回までは札が軒下に吊るしてあっただけだったが。

土間にたくさんの履物があった。塾生たちもまた増えたようだ。

新吾は助手に案内されて、庭に面した部屋で待った。

長英も伊東玄朴も世の中に認められてどんどん大きくなっている。新吾も誇らしい気持ちになった。

四半刻(三十分)後に、長英が顔を出した。

「待たせたな」

「終わったのですか」

「休憩だ」

「忙しいところをすみません。じつはお願いがありまして」

新吾は切り出す。

「なんだ？」

「長英さまは間宮林蔵さまとお付き合いがあるとお伺いしました」

「誰からきいた？」

「間宮さまから」

「そうか」

長英は苦笑し、

「シーボルト事件では追われていたのに、今は親しくさせていただいている」

「勘定吟味役の川路聖謨さまの仲立ちとか」

「そうだ。川路さまが引き合わせてくれた。公儀隠密ではなくなった間宮さまは俺が知っている鬼のような方ではなかった」

長英は言い、

「で、間宮さまがどうかしたか」

と、きいた。

「間宮さまにお言伝を願いたいのです」

「そなたのほうが付き合いは深かろう？」

長英は不思議そうにきく。

「間宮さまはお役目で私に近づいていただけです。公儀隠密の任を解かれた間宮さまとは縁がなくなってしまいました」

新吾は真顔になって、

「間宮さまのお力を貸していただきたいのです、どうか、その旨を間宮さまにお伝え願いたいのです」

と、頼んだ。

「どんなことだ？」

「いえ。それは……」

「俺には話せないってことか」

むっとしたように言い、

「冗談だ。二、三日のうちに勉強会がある。そのとき、お見えになったら話しておこう。間宮さまが来なかったら、川路さまに頼んでやる」

「すみません」

「その代わり、いずれ勉強会に顔を出せ。いいな」

長英は言い、

「心配するな。そなたを仲間に引き入れたりせぬ。ただ、皆にそなたを引き合わせたいだけだ」

「私などを引き合わせたところでどうということも」

新吾は怪訝そうに言う。

「いや、俺の友人にこういう気骨のある男がいるのだと教えたいのだ」

足音が聞こえた。

塾生のひとりが呼びに来たのだ。

「先生。そろそろ」

「今、行く」

「長英さま。もうひとつお願いが。以前お話をした辰助のことです」

「質屋の番頭を殺して逃げ回っている男だな」

「はい。辰助はどのような顔だちでしたか」

「細面で、柔らかな顔だちだったな」

次郎吉も細面で、温和そうな顔をしていた。

「体つきは？」

「瘦せて小柄だ」

次郎吉に似ている。

「辰助のおかみさんの住まいを教えていただけませんか」

「確か、麴町三丁目の甚兵衛店《じんべえだな》だ」

「甚兵衛店ですね。おかみさんの名はわかりますか」

「お久《ひさ》だったな」

長英はさすがに不思議そうな顔をして、

「どうするのだ？」

と、きいた。

「いえ、ちょっと」

新吾は曖昧に答え、

「まあいい」

何か言いたそうだったが、長英は何も言わなかった。

「では、私は」

新吾は立ち上がった。

「いつもあわただしいな。頼まれた件は任せておけ」

長英は言い、塾生たちのところに戻って行った。


その夜、小舟町の家に津久井半兵衛と升吉がやって来た。

もはや日課となっていた。

「大石どのにきいたのですが、妙な話になっています」

半兵衛が切り出した。

「質屋の番頭を殺して十両を盗んだのは、辰助ではないようだと言いだしたのです」

「どういうことですか」

新吾はきき返す。

「目撃した者がひと違いをしていたらしいと」

「……」

新吾は耳を疑った。

「真の下手人は辰助が引き上げたあとに質屋に押し入り、番頭を殺して金を盗んだ。

今はそう見ているそうです」

五月八日の夜更けに、辰助が浜町にある小幡藩松平家の中屋敷の中間部屋に潜んでいるとして、同心の大石杢太郎は中屋敷を張っていた。そのときは、辰助を下手人と決めつけていた。

「関係ない辰助を追っていたことになるのではありませんか」

「そうです」

「真の下手人は誰かわかったのですか」

「わからないそうです」

「大石さまはそのことをどう思っているのですか」

新吾はきいた。

「特に、気にしていないようだ」

「気にしていない？　なぜでしょうか」

「わかりませんが、下手人を挙げられなかったことで負い目を感じているようなところはありません」

「妙ですね」

新吾は首をひねる。

「ええ」

「辰助は無実の罪で逃げ回っていることになりますね。まだ、辰助が見つからないことを、大石さまはどう見ているのでしょうか」

「辰助は病気に罹っていたそうです。胃に悪性の腫れ物が出来ていて、ちゃんとした療治をしなければ長生き出来ないと医者からは言われていた。だから、すでにどこかで野垂れ死にをしているのだと、大石どのは見ているようです」

「すでに死んでいると?」

新吾は確かめた。

「そうです。ですから、辰助の探索はもうしていないようです」

半兵衛は言ってから、

「でも、真の下手人の探索を続けている様子は見受けられません」

と、不思議そうな顔をした。

「そうですか」

新吾は考え込んだ。

「何か」

「偶然かもしれませんが、大石さまの身辺で、ひとりは処刑され、ひとりは消息も不明。さらに新たな真の下手人」

「何か裏が？」

　半兵衛は恐ろしい顔になった。

「まさか、身代わりで首を刎ねられたのは辰助だと？」

　升吉も口をはさんだ。

「はっきりとは言えません。ただ、気になります」

「でも、辰助は進んで身代わりをするでしょうか」

　升吉が疑問を口にする。

「なぜ、真の下手人の話が今になって出てきたのでしょうか」

「ええ。そのことは不可解です」

「念のために、辰助のことを調べてみます」

　新吾は言い、

「津久井さまや升吉親分が調べ廻ったら大石さまの耳に入る恐れがあります。まずは私が調べます」

「わかりました」

　半兵衛と升吉が頭を下げた。

「それから、『能登屋』の娘のことですが、おりました。二十一歳です」

升吉が口を開いた。

「いましたか。どこかのお屋敷に奉公に？」

「仰るとおりです。旗本屋敷に奉公に上がっているようです。かなりの器量だそうです」

「どこの旗本屋敷かは？」

「まだわかりません。でも、何とか聞きだします」

升吉は答えた。

「升吉親分、無理はなさらないように。あくまでも探索と悟られないように」

新吾は注意を告げてから、

「津久井さま、升吉親分。改めて申しますが、今回の件の黒幕にかなりの大物がいるような気がしています」

と、口にした。

「大物と言いますと幕閣に……？」

半兵衛は強張った顔できく。

「幕閣の中の権力争いが絡んでいるのではないかと思います」

「しかし、権力争いにねずみ小僧がどう絡んでくるのでしょうか」

半兵衛は首をひねる。

「じつはあることから、あるお方が漏らしたとされる言葉を耳にしました。もちろん、そのお方がほんとうに言ったことかどうかわかりません。でも、それに近いようなことがあるのではないかと思い、お話しさせていただきます」

新吾はそう前置きをし、

「今の将軍家斉公の側近の老中三人は、賄賂政治により私腹を肥やしているという噂があるそうですね」

と、口にした。

「確かに、家斉公に巧みに食い込み、好き勝手しているという話は耳にします」

「あるお方が、ねずみ小僧に側近の三人の屋敷から賄賂の証拠を盗んでもらいたいと冗談混じりに言っていたそうです」

「……」

「つまり、ねずみ小僧を自由に使いこなせたら、どんな大名の秘密でも探り出し、証拠を盗み出すことも出来るのです」

「なんと」

半兵衛は目を丸くし、

「あるお方とは誰ですか」

と、きいた。

「今の話はそのお方の漏らした言葉をもとに、私が想像を加えたもので、事実ではありません。ただ、ねずみ小僧は使う者にとってたいそう役に立つ存在だと言いたいのです」

「宇津木先生は、それに近いことが行われているとお思いなのですね」

半兵衛は確かめるようにきいた。

「そうです。その者にとって、次郎吉さんのことを調べられてはならないはずです。ですから、我らのことがわかったら、我らを排除しようとするでしょう」

「……」

「もし、大石さまに疑われたと感じたら、しばらく動きをやめてください」

「わかりました」

「敵は巨大であることを忘れずに私も動こうと思います」

新吾は自身にも言いきかせるように言った。

「危険を肝に銘じておきます」

半兵衛は悲壮な覚悟で言う。

「でも、宇津木先生はどうしてそのことを？」

升吉がきいた。

「じつは私の知り合いの蘭学者にお役付の塾生もいるのです。そこからの噂を又聞きしただけです。でも、決して噂だけではないと思いまして」

「そうでしたか」

新吾は水野越前守の名を出さずにどうにか納得させた。

ふたりが引き上げたあと、新吾は順庵と漠泉がいる部屋に向かわず、自分たちの部屋に戻った。

香保が濡縁に座って庭を見ていた。

新吾は横に座った。

「いい風だ」

新吾が口にした。

月はないが、星明かりで、庭の白菊がほのかに浮かび上がっていた。

「気分はどうだ？」

「ええ、だいじょうぶです」

「元気に生まれてきてもらいたい」

「男の子かしら、女の子かしら」

「どちらでもいい。早く会いたい」

新吾は香保の少し膨らんできたお腹に手をやった。

「あっ、動いた」

「まさか」

香保は笑った。

「心配かけてすまない」

新吾は謝った。

「えっ？」

「いや、なんでもない。香保と生まれてくる子を必ず守る。信じるのだ」

「はい」

香保の肩を抱きながら、何があっても俺は負けないと自分に言いきかせた。


翌日の昼過ぎ。新吾は麴町三丁目の甚兵衛店の木戸をくぐった。

長屋路地には誰もいなかった。左右の腰高障子《こしだかしょうじ》を見ながら奥まで行ったが、辰助のかみさんの住まいはわからなかった。

大家にきいてみようと引き返したとき、目の前の戸が開き、男の子が出てきた。五歳ぐらいだ。辰助には五歳の男の子がいるということだった。

男の子は井戸のほうに行った。

新吾は戸を開け、

「ごめんください」

と、声をかけた。

「はい」

仕立てをしていた手を休め、二十五、六歳の女が上がり框まで出てきた。窶《やつ》れているが、顔色は悪くなかった。

「私は蘭方医の高野長英さまの知り合いで、同じ医師の宇津木新吾と申します。辰助さんのおかみさんのお久さんですか」

「はい」

辰助の名を出したので、急に警戒したようだ。

「辰助さんはお腹に腫瘍が出来ていたそうですね。途中から診察に来なくなったので心配しているのです。辰助さんはどちらに？」

「……」

「ちゃんと療治しないと命に関わるので心配しているのです」

新吾は言う。

「当初、辰助さんはある事件の下手人と見なされていましたが、その疑いは晴れたようですね」

「はい」

「そのことを辰助さんは知らないのでしょうか」

「わかりません」

お久はしんみりと言い、

「でも、もう帰ってこないかもしれません」

と、強い口調で付け加えた。

「どうしてですか」

「……」

お久は口を噤《つぐ》んだ。

「うちのひとは自分の命が残り少ないことを知っていました。だから、私たちに迷惑をかけまいと、どこか山奥でひっそりと……」

「それはあなたのお考えですか」

「同心の大石さまがそう仰っていました」

「大石さまが？」

新吾は、やはり大石杢太郎がいろいろ工作をしているように思えてきた。

「辰助さんから最後に連絡があったのはいつでしょうか」

「……」

お久は答えようとしない。

「もう辰助さんは亡くなっていると思いますか」

お久は微かに頷いたような気がした。

「すみません。心ないことをお訊ねして。どうも、お邪魔しました」

新吾はお久の家を辞去した。

内職をしているようだが、お久は暮らしに困っているふうではなかった。辰助は困《こん》窮《きゅう》から盗みを働き、盗品を持って質屋の『瀬野屋』に行き、あんな事件を起こしたのだ。

それなのに、お久はそれなりの生計《たつき》を立てられている。

新吾は確信した。獄門台の首は辰助だと。

二

麹町からの帰り、新吾は上野山下を経て新寺町《しんてらまち》を通り、新堀川《しんぼりがわ》を渡って浅草の田原町に足を運んだ。

引き回しのことを思いだしながら、新吾は『能登屋』の前にやって来た。

あの日、引き回しの一行は『能登屋』の前で止まった。次郎吉は馬から下ろされて、『能登屋』に入って行った。

普通なら土間で茶を飲んだりして休憩するのだろうが、次郎吉は何らかの理由で店の奥の部屋に連れて行かれたのだ。

次郎吉はそこで自分の身代わりの男とはじめて対面したのではないか。それまで、このような企みが施されているとは露ほども知らなかったはずだ。

次郎吉は着ていたものを脱いで辰助に渡した。

次郎吉は用意されていた衣服に着替え、黒幕の手の者とともに裏口から出た。

休憩が終わり、次郎吉になりすました辰助は俯き加減で土間を出て馬に乗る。すでにその頃は辺りは暗くなっていた。

辰助は馬に乗ったあと、常に俯いたままで野次馬に顔を向けようとしなかった。

証拠はない。あくまでも新吾の想像に過ぎない。

しかし、大きく外れていないと思っている。

次郎吉の身代わりを立てるとき、誰を身代わりにするかという大きな問題がある。

他にひとり突然この世から消えるのだ。

だが、辰助の存在によってすべて解消された。

病により余命が短く、死罪になる罪を犯した。なにより、守らねばならない妻子がいる。

大石杢太郎はそこを巧みについた。

辰助はとうに大石杢太郎によって捕まっていたのではないか。ただし、奉行所ではなく、別の場所で。

辰助は死罪を免れない。残された子どもはひと殺しの子ということになる。そこで、大石杢太郎は餌を与えた。

質屋の番頭殺しは別人の仕業《しわざ》にし、さらに家族にはそれなりの金を辰助からと言って渡す。

こういう条件を呈示され、辰助はそれを呑んだ。

だが、辰助はいざ首を刎ねられようとして恐怖におののいた。その表情が獄門台の首には色濃く出ていた。

そして、たったひとりの女が獄門首に疑問を持ったのだ。

新吾は『能登屋』の前を素通りして、駒形町《こまがたちょう》に足を向けた。

新吾の中には今、迷いのようなものが芽生えだしていた。自分は誰のために何をやろうとしているのか。

次郎吉と辰助が入れ替わったと明らかにすることは誰のためになるのか。次郎吉が生きているとわかったら、改めて捕まって首を刎ねられることになるのではないのか。辰助はすでに死んでいる。辰助の死によって、残された妻子は人殺しの女房であり、子どもである汚名を着せられずに済んだのだ。

自分がやろうとしていることは次郎吉や辰助の妻子のためにはならない。では、誰のために、何のために。

正義か。それとも、疑問を解決させたいという自分の満足のためか。

背後から走ってくる足音を聞いた。

「宇津木先生」

新吾は足を止めた。

「親分さん」

升吉だった。

「近所で聞き込みをしていたら、宇津木先生が通り掛かったので」

「麴町の帰り、こっちに足を向けたのです」

「そうですか」

並んで歩きながら、升吉は口にした。

「『能登屋』の娘の幼馴染みや琴《こと》の稽古仲間だった娘が言うには、幕府の儒官の林述《じゅつ》斎《さい》さまのお屋敷に奉公しているそうです」

「林述斎さま？」

儒学者であり、幕府儒官の林家に養子に入ったのち、昌平坂《しょうへいざか》の聖堂を幕府の学問所にし、そこの長官である大学頭となっている。

「そうですか」

新吾は応じた。

水野越前守に連なる人物の屋敷ではないかと想像を働かせていたのだが……。

「ただ、表向きということも考えられます。ほんとうに林述斎さまのお屋敷かどうか、もう少し、調べてみます」

「いや、隠す必要もありませんから、ほんとうなのかもしれません。やはり、『越後屋』の平右衛門と『能登屋』の主人との繋がりなのかもしれませんね」

新吾は言ってから、

「十分に気をつけてください。もしかしたら、相手も疑いを抱く者がいないか、注意を払っているかもしれませんので」

新吾は改めて注意をくれた。

「承知しています」

升吉は戻って行った。

夜になって、津久井半兵衛と升吉が小舟町の家にやって来た。

自分でも不思議だった。あれほど次郎吉が生きていることをはっきりさせたいと思っていたのに、いざ身代わりが辰助だったと確信が持てたとたんに、自分を見失ったようになった。

「突然に押しかけて申し訳ありません」

半兵衛が頭を下げた。

「いえ。それより、何かありましたか」

新吾は厳しい表情の半兵衛が気になった。

「じつは今日、大石どのから何をこそこそ調べているのかといきなりきかれました」

半兵衛が打ち明けた。

「どうやら、『能登屋』の娘について調べていることが耳に入ったようです。なんとか言い訳をしておきましたが」

「そうですか。やはり、向こうもかなり警戒しているようですね」

「それと……」

半兵衛が言い淀んだ。

「なんですか」

「私と升吉が夜にたびたびここを訪問していることに気づいているようで、何をしに行っているのだと問われました」

「そこまで注意を向けていましたか」

新吾は唖然とした。

「次郎吉のことで話し合いをしていることまでは気づいていないようですが、ここに来るのも難しくなりました」

「用心して、取りやめたほうがよさそうですね」

「ええ。どうも身動きがとれそうにもなくなりました」

　半兵衛は渋い顔をした。

「宇津木先生のほうには何か」

と、きいた。

「いえ、私のほうはまだだいじょうぶですが、油断は出来ませんね」

「ええ」

　半兵衛は顔をしかめ、ため息をついた。

「じつは、辰助のおかみさんに会って、だいぶわかりました」

　新吾は切り出した。

「ほんとうですか」

　半兵衛は目を輝かせた。

「辰助は自分の命が残り少ないことを知っていて、残された妻子に迷惑をかけないために、どこか山奥で静かに死を待っているのではないかと、大石さまがおかみさんに告げていたようです」

「大石どのが？」

「はい」

新吾は声を落とし、

「辰助はとうに大石さまによって捕まっていたのではないでしょうか。奉行所ではなく、別の場所に閉じ込められていたのです」

「……」

半兵衛は息を呑んだ。

「そこで、黒幕や大石さまは辰助に身代わりになるように説き伏せたのです。いずれにしろ、辰助は死罪になる身。残された子どもをひと殺しの子にしないために、質屋の番頭殺しは別人の仕業にする」

「なるほど」

半兵衛は厳しい顔で頷く。

「辰助のおかみさんの暮らし振りは、それほど困窮しているようには見えませんでした。やはり、お金を渡すことも、辰助が身代わりを引き受けるに当たっての条件だったのではないでしょうか」

「ねずみ小僧の獄門首は辰助だったのですね」

升吉が息を吐き出すように言う。

「次郎吉さんの処刑日が決まるまで、日数がかかったのは、辰助を説き伏せるのに暇がかかったからではないでしょうか」

新吾は言ってから、

「ただ、私の予想外は『能登屋』の件です。『能登屋』の娘を介して黒幕が繋がっているのではないかと思っていたのですが」

と、眉根を寄せた。

「でも、場所だけ借りられれば、『能登屋』の主人の手を借りなくともふたりの入れ替えは可能ではないですか」

升吉が口をはさんだ。

「主人の手を借りず、どこまで出来るか」

半兵衛は呟く。

「いずれにしろ、『能登屋』でふたりが入れ替わったのは間違いないと思います」

新吾は言ったあとで、

「でも、この先、調べを進めていくのが難しくなりましたね」

と、不安を口にし、

「津久井さまの動きが大石さまに警戒心を与えたとすれば、これからも津久井さまは目をつけられるでしょう」

「ええ、不愉快ですが、監視の目がついているでしょう」

半兵衛は吐き捨てた。

「我々が行き着いた事実は次郎吉さんと辰助が入れ替わっているということです。でも、はっきりした証はないのです。すべて状況から考えたことでしかありません」

新吾は弱々しい声になり、

「状況からだけでは他人にわかってもらうには弱いでしょう。せめて、第三者の証言などがあればいいのですが、その期待は出来ません」

と、正直に打ち明ける。

「……」

「それを打破する手立てが何かあるか」

新吾は息苦しくなった。

「大石どのに目をつけられたのがもっけの幸い。この際、大石どのに直接ぶつかってみたらいかがでしょうか」

半兵衛は思い詰めたような目を向けた。

「今、我らが知った事実をぶつけて問い詰めれば……」

「大石さまはどう出ると思いますか」

新吾は冷静にきき返す。

「最初は当然、しらを切るでしょう。しかし、辰助のこと、『能登屋』のことなどを口にしたら、かなりあわてるのでは？」

「ええ。自分では判断出来ず、黒幕に相談するはずです。さて、黒幕がどう出るか」

新吾は暗い顔をし、

「これは私の想像でしかありませんが、奉行所や牢屋敷を巻き込んでこれほどの大事をやってのけられるのはかなりの権力を持つ者。あくまでも秘密を守ろうとするのではないでしょうか」

「……」

「へたをすれば刺客を放つかもしれません」

「刺客ですと」

半兵衛は目を剝く。

「黒幕にとって、処刑されたあとの新生ねずみ小僧は秘密兵器に等しいのです。政敵の屋敷に忍び込むのは、盗むことだけが狙いではありません。逆に何かを置いてくることも可能ではありませんか」

新吾は想像し、

「つまり、政敵を罠にはめて追い落とすことも出来なくはないのです。死んだと思われているねずみ小僧は場合によっては百人力、千人力に等しい。しかし、ねずみ小僧がある人物の工作によって生きていると世間に知れたら、その威力は半減以下、いや無に等しくなるのではないでしょうか」

「そういうことですか」

半兵衛は衝撃を受けたように唖然とした。

「私の考え過ぎかもしれませんが、獄門打ち首の囚人を助けるということはそれだけの企みがあるからではないかと思っているのです」

「ええ、そのようなことは以前から仰っておられましたね。それをわかった上で、我らは真実を追究しようとしてきました。しかし、我らの動きは見透かされている……」

「肝心の奉行所が敵と考えなければなりません。我らに身の危険が及んでも助けてくれないでしょう」

「ばかな」

半兵衛は憤慨《ふんがい》した。

「あっしらの負けっていうことですか」

升吉が恨めしそうにきいた。

「このまま見過ごすことは出来ません。獄門首の入れ替えは世間を騙し、正義から外れた行為であることは間違いありません。それを許すことは法の秩序が崩れていくことに加担していると言わざるを得ません。今後も同じようなことが繰り返されないという確証はありません」

新吾は冷徹に言い、

「ただ、そのことを明らかにしては、奉行所や牢屋敷の信頼を失わせることになります。それはそれで大きな問題でしょう」

と、新たな課題を突き付けた。

「宇津木先生、どうすべきと？」

半兵衛は縋《すが》るようにきいた。

「少し考えさせてください」

新吾は口にした。

「いずれにしろ、このままでは我らは先に潰されてしまいます。まず、向こうの疑いを逸らすために、この件についてしばらく動きを止めましょう」

「中止するってことですか」

升吉が悔しそうにきいた。

「中断です」

新吾は大きく息を吐いて言う。

「私は先日、次郎吉さんが生きているかどうかだけを調べると言いました。でも、だんだん、すり替えが行われたということがはっきりしてくるにつれ、これが誰のためになるのかと自問するようになったのです」

「誰のため？」

「このことを明らかにして、次郎吉さんは助かるのでしょうか」

「……」

「真実を知って、辰助の妻子はどうでしょうか」

「このままのほうがいいでしょうね」

半兵衛は顔をしかめた。

「よくよく考えたら、今度の件で被害者はいないのですね」

升吉が言う。

「ええ。ただ、しいて言えば、殺された質屋の番頭の遺族です。下手人が不明のままなのです」

「うむ」

半兵衛は唸った。

「奉行所を動かす黒幕の思惑に次郎吉さんは翻弄されています。しかし、真実を明らかにしたら次郎吉さんを助けることが出来るのでしょうか」

新吾は首を横に振り、

「出来ません」

と、やりきれないように言う。

「ちょうどいい機会です。少し考え直し、改めて闘いませんか」

「それがいいかもしれませんね」

半兵衛は頷き、

「じつは黙っていたのですが、筆頭与力から無気味な注意を受けたのです。町廻りを続けたいなら、奉行所を貶《おとし》めるような真似はするなと。おそらく、次郎吉のことを調べるなという意味でしょう」

「そうでしたか。ということは、私たちが追っていたことが間違っていなかったということになりますね」

「ええ」

「ともかく、今後のことをよく考え、改めて相談に上がります」

新吾は半兵衛と升吉に言った。

「わかりました」

半兵衛は緊張がほぐれたように、

「ここにお邪魔をするのは、しばし止めにいたします」

升吉も頷いた。

新吾は外に出て、周囲に注意を配った。ひとの気配はなかった。

「じゃあ、お気をつけて」

新吾は半兵衛と升吉を見送った。

新吾は気づいていた。津久井半兵衛は萎縮していた。筆頭与力の脅しが効いているようだった。

今後、どうするか。もはや、新吾は孤立していた。

三

翌日の夕方、新吾は深川常盤町にある幻宗の施療院に向かった。

いつも幻宗が休む廊下に座り、新吾は幻宗が来るのを待った。

新吾は自分の限界を感じていた。

ようやく、診療が終わり、幻宗がやって来た。

「お邪魔しています」

いつもの場所に、幻宗は腰を下ろした。

「疲れた顔をしているな」

幻宗は新吾の顔色を見逃さなかった。

「はい」

新吾は素直に頷く。

おしんが湯呑みに酒をなみなみ注いで持ってきた。

黙って幻宗の脇に盆ごと置く。

幻宗は湯呑みを摑み、口に運んだ。大きな喉仏が動き、うまそうに呑んだ。

半分残して、盆に戻す。

「次郎吉のことか」

幻宗がきいた。

「やはり、次郎吉さんは生きています。獄門台の首は辰助という男に間違いないと思います」

新吾はその経緯を話した。

「引き回しの一行は最後に浅草の田原町の『能登屋』で休憩をしました。ここで、次郎吉さんと辰助は入れ替わったのです」

「……」

幻宗は黙って湯呑みを口に運んだ。

「獄門台の恐怖に引きつった顔は次郎吉さんではなく辰助だったのです」

新吾は訴え、

「もちろん、証拠はありません。私の想像に過ぎません。が、もろもろの状況からして間違いないと思っています」

「何を迷っているのか」

幻宗がきいた。

「私は、ある人物の野望を食い止めたいなどとは考えていません。次郎吉さんが生きているのか死んでいるのか。そのことを確かめたかったのです」

新吾は続ける。

「次郎吉さんは生きていると確信しました。しかし、ことが明らかになったら、次郎吉さんはどうなるのでしょうか。死罪になるべき男がそのまま生きていけるでしょうか。辰助の妻子にしても、行方《ゆくえ》不明のままのほうが望ましいはずです。そう考えたら、このまま放っておくほうがいいのではないか。ただ」

新吾は息継ぎをし、

「獄門首の入れ替えは世間をあざむき、正義から外れた行為です。それを見逃すのは法の秩序が崩れていくことに加担しているということになります」

と、半兵衛たちにも話した苦悩を口にした。

「津久井さまは、筆頭与力からよけいな真似をするなと釘を刺されたそうです。身の危険を感じながら真実を明らかにしたところで喜ぶ者は誰もいない。私がやっていることは意味があるのでしょうか」

新吾は幻宗に救いを求めた。

「ひとつだけはっきり言えることは、たとえどんな理由があろうが、死罪にすべき者を他人とすり替えて助けようとしたことは許されざる所業だ。正義のためにも許してはならない」

幻宗は強い口調で言う。

「はい」

「だが、それを暴く作業を新吾がやらねばならぬ理由はない」

「……」

「そして、そなたの言うように、真実を暴くことは奉行所や牢屋敷の威信を傷つけることになり、その上、次郎吉にとっても何の益もない」

「真実を暴くことは無意味だと?」

新吾はきき返す。

「そうだ。真実が世間に公になることは誰にとっても益にはならない」

「……」

「だが、このままでいい訳ではない」

幻宗は声を強め、

「このことを無事に解決するには、たったひとつの方法しかない」

幻宗は言い切る。

「なんでしょう」

新吾は身を乗り出す。

幻宗は瞑想するように目を閉じた。

そして、しばらくして目を開けた。

「これは新吾にしか出来ないことだ」

幻宗は険しい顔を向け、

「次郎吉に死んでもらうしかない」

と、重たい声で言った。

「死んでもらう?」

「そうだ。次郎吉のためを思うなら、次郎吉を捜し出し、命を断つように助言するのだ。妙な形で生き長らえ、為政者の駒となって意に染まぬことをしなければならないことは、次郎吉にとっては苦しみ以外の何物でもないはずだ」

「私から死ねと」

「そうだ。それが言えるのはそなたしかいない。もし、次郎吉が処刑を免れたことで別人になり、ねずみ小僧の誇りを失って、自害せずに生きることに固執するなら、そなたが次郎吉を斬るのだ」

「なんですって。私が次郎吉さんを殺す……」

新吾は唖然とした。

「そうだ。それが唯一の解決策だ」

「そんな……」

新吾は絶句した。

次郎吉を殺せなどと、新吾にとってはあまりにも残酷だ。

「出来ません」

新吾は胸を掻きむしるように言った。

「それが出来ぬなら、次郎吉の件を調べるのを止めることだ」

「……」

新吾は言葉を失っていた。

「次郎吉の気持ちになって考えたことがあるか」

幻宗が鋭い声で言う。

「次郎吉は生き長らえて喜んでいると思うか。最初は戸惑い、それから苦悩の中にいるはずだ」

「でも、次郎吉さんに会えるかどうかわかりません」

「そなたが捜していることがわかれば、次郎吉のほうから会いに来るはずだ」

死んだと思われていては会いには来られないが、生きていると新吾は思っていると気づけば会いに来てくれるだろうか。

しかし、会いに来てくれた次郎吉に自害を勧め、それが容れられぬときは自分が斬らねばならないなんて。新吾は胸が張り裂けそうになった。

「これは新吾にしか出来ないことだ」

幻宗は冷酷に言い放った。

新吾は幻宗の施療院から小舟町の家に帰りつくまでの間、胸の不快感から何度か吐きそうになった。

家に帰ると、香保に心配かけまいと、戸口の前でしゃきっとして戸を開けた。

翌日、松江藩上屋敷の番医師の詰所で昼まで過ごし、新吾は上屋敷を出て、神田川にかかる新シ橋までやって来た。

新シ橋の袂に武士が立っていた。仙台袴に羽織りをまとっている五十過ぎと思える武士だ。

「間宮さま」

間宮林蔵だった。

「高野長英どのからそなたが会いたがっていると聞いたのでな」

林蔵は口を開いた。

「わざわざ会いに来てくださったのですか」

新吾は礼を言う。

「なに、わしとそなたの仲だ。といっても、味方同士というわけでもなかったが」

林蔵は苦笑し、

「何かわしに頼みでもあるのか」

と、すぐに真顔になった。

「間宮さまはもう隠密の仕事とは縁がないわけですね」

新吾は確かめた。

「もう隠密ではない。長英どのと親しくなったことでもわかるだろう」

「はい」

「なんだ？」

「人目につかない場所に」

「うむ」

新吾は柳原の土手を和泉橋《いずみばし》のほうに向かい、その先にある柳森《やなぎもり》神社まで行った。

その神社の脇から川の側に下りた。草木が茂っていて、人目につきにくい。

「間宮さまは、ねずみ小僧をご存じでいらっしゃいますか」

新吾は切り出した。

「ねずみ小僧は知っている。大名屋敷を専門に盗みに入る盗人だ。とうとう、引き回しの上に獄門になったそうではないか」

「はい。話というのはそのことでして。じつは、獄門になったのは別人ではないかと思えるのです」

「どういうことだ？」

林蔵の目付きが変わった。

引き回しの一行が浅草田原町にある『能登屋』で最後の休憩をとったとき、ねずみ小僧とある人物が入れ替わったと、新吾は話した。

「身代わりに打ち首になった者がいることになるが、どうしてそんな役を引き受けられたのだ？」

「身代わりになったのは辰助という男です。辰助は質屋の番頭を殺し……」

新吾は辰助について語った。

「しかし、誰が何のために？」

「わかりませんが、私はある想像をしました。ねずみ小僧を政敵の屋敷に忍び込ませ、ある物を盗むか、逆に何かを置いてくることも可能ではありませんか」

政敵を罠にはめて追い落とすことが出来るのではないかと説明し、

「証がなく、このことを訴えたところで誰も聞きいれてくれないでしょう。背後に大きな力が働いているのですから、無視されるのは目に見えています」

と、新吾は力なく言い、

「ただ、私はねずみ小僧の次郎吉さんが生きているのなら、なんとしてでも会いたいのです。次郎吉さんは黒幕の手によってどこかに軟禁されているはずです」

「それだけのことが出来るのはかなりの権力を持つ者。老中の誰かか。黒幕を探り出せと言うのか」

林蔵は鋭い目をくれた。

「いえ、今の話をご承知していてくだされば。たったおひとりでも、ねずみ小僧が生きているとわかっていてくれたらいいのです。この先何らかの政変が起こったときにこのことを思いだしていただければ」

新吾は林蔵に話した理由を説明した。

「にわかに信用出来ない話だが、頭に入れておく」

林蔵は言ったあとで、

「気になるのは田原町の『能登屋』だが、当然、黒幕となんらかの形で繋がっているはずだが」

と、きいた。

「残念ながら、黒幕との繋がりは確認出来ませんでした。ただ、『能登屋』の娘が幕府の儒官林述斎さまのお屋敷に奉公に上がっているそうですが」

「林述斎さまのお屋敷に？」

林蔵の眉がぴくりと動いた。

「何か」

「いや、たいしたことではないが、林述斎さまの三男忠耀《ただてる》どのは旗本鳥居《とりい》家の養子になっている。儒家の出なので、蘭学には冷たい。長英どののらの蘭学の勉強会についても批判的らしい」

「鳥居忠耀さまですか。お会いしたことはあるのですか」

「ある。切れ者で、野心家だ。誰が今後伸《の》して行くか、かぎ分ける才覚に長けている」

「そうですか。ちなみに鳥居さまは誰に注目をしているのでしょうか」

「西丸老中の水野越前守さまに取り入っているようだ」

「水野さまですって」

思わず、新吾は声を上げた。

「どうした？」

林蔵が不審そうな顔をした。

「いえ、なんでも」

「そんなはずはなかろう。水野さまに対して何かあるんだろう。ひょっとして、そなたは黒幕を水野さまだと？」

林蔵は鋭くきいた。

「証拠があるわけではありませんので」

「いい。話してもらおう」

「わかりました。私の勝手な想像でしかありません。水野越前守さまはねずみ小僧が捕まったとき、残念がっていたという話が耳に入りました。本丸老中のある三人の屋敷から賄賂の証となるものを盗ませることもできたのにと」

新吾は『夕顔堂』の娘のことは隠して水野越前守忠邦が呟いたことを話した。

「なるほど。水野越前守さまか」

林蔵は呟き、

「水野越前守さまも幕閣に加わるために賄賂を使っていたお方だ。昇進の意欲には凄まじいものがある。鳥居忠耀どのも同じだ」

「決して、黒幕が水野越前守さまだと決めつけているわけではありません」

新吾は弁解する。

「わかっている。心配いたすな。仮にそうだったとしても、どうしようもない。ただ、周辺からねずみ小僧の噂を拾ってみる。おそらく無駄だろうが」

「はい。私は間宮さまが知っておいてくだされればいいのです」

「わかった。長英どのも願っている。いずれ川路聖謨どのを引き合わせよう」

「わかりました」

ふたりは土手の道に戻り、左右に別れた。

四

新吾は林蔵と別れたあと、橋場に向かった。

おいねの家は黒板塀に囲われ、庭に松の樹がある。門を入り、格子戸の前に立った。

深呼吸をして戸を開けて、

「ごめんください」

と、声をかけた。

婆さんが出てきた。

新吾は土間に入り、

「宇津木新吾と申します。おいねさんはいらっしゃいますか」

と、きいた。

その声が聞こえたのか、奥からおいねが現われた。色白のふくよかな顔で、目鼻だちも整っている。

「宇津木先生は母を助けてくださったそうですね」

いきなり、おいねが切り出した。

「いいえ、私はただ伊東玄朴先生を……」

「いいえ、弟から聞きました。御礼を申します」

おいねは頭を下げた。

「今日お訪ねしたのは、次郎吉さんのことでお願いが」

新吾は口にし、

「もし次郎吉さんに連絡がとれるなら、私が会いたがっているとお伝え願いたいのです」

と、頼んだ。

「……」

おいねは目をいっぱいに見開いた。

「次郎吉さんが生きていることはわかっています。どうしても、会いたいのです」

「どうして、次郎吉さんが生きていると思うのですか」

おいねは強張った表情できいた。

しかし、新吾はその問いかけには答えず、

「次郎吉さんはこの先、心安らかに暮らしていけると思いますか。自分の親しいひとたちとも会うことは叶わず、お天道《てんと》様の下も堂々と歩けません。ただ、ある人物の命令に従い、意に沿わぬ何かを強要される。今の次郎吉さんは生ける屍《しかばね》ではありませんか」

と、一方的に言う。

「私は次郎吉さんに楽になって……」

新吾は言葉を止め、

「どうか、お願いいたします」

と言い、おいねの家を辞去した。

次郎吉に伝わるかどうかわからない。いや、伝わらないだろう。おいねに次郎吉と連絡をとれる手立てがあるとは思えない。

それから数日後、日本橋小舟町の家に文が届いた。


——今宵五つ（午後八時頃）深川霊巌寺《れいがんじ》の境内《けいだい》にて

次郎吉だと思って、胸が騒いだ。

やはり、おいねから旦那の平右衛門に伝わり、そこから次郎吉に届いたのだ。

夕方になって、新吾は深川常盤町の幻宗の施療院に行った。

一日の仕事を終え、いつものように幻宗は縁側に座って茶碗の酒を呑んでいた。

「先生、次郎吉さんから文が届きました」

新吾は文を見せた。

幻宗は文に目を落とし、

「次郎吉の字か」

と、きいた。

「はい。次郎吉さんの字です」

「やはり、生きていたか」

幻宗は感慨深げに言う。

「まさか、次郎吉さんに会えるとは思いませんでした」

「覚悟は出来ているのか」

幻宗が刃を突き付けるように言う。

「……」

「辛いだろうが、次郎吉のためでもある」

幻宗は冷厳《れいげん》な様子で言った。

「はい」

五つ近くになって、新吾は立ち上がった。

「これを持て」

幻宗が匕首を寄越した。

「いえ、次郎吉さんが自らけりをつけるように必ず説き伏せます」

そう言い、匕首を断って、新吾は施療院を出た。

小名木川にかかる高橋を渡り、やがて霊巌寺の大きな山門の前に着いた。茶店や土産物屋《みやげものや》などは店を閉め、ひっそりとしていた。

新吾は山門を入り、本堂に向かった。

本堂に背を向け、新吾は次郎吉が現われるのを待った。

引き回しから半月ちょっと経っている。夜風はひんやりしていた。ふと、ひとの気配がした。

が、すぐに出て来ない。どこからか様子を窺っているのだ。

新吾は本堂の横の暗がりに目を向けた。

やがて、ゆっくりと男が現われた。手拭いで頬かぶりをしている。だが、体つきで、誰かわかった。

「次郎吉さん」

新吾は声をかけた。

頬かぶりをとって、次郎吉は近づいてきた。

「こんな形でお目にかかるなんて、まったく想像していませんでした」

次郎吉は静かに口を開いた。

新吾は辺りの気配を窺った。次郎吉に見張りはいないようだ。

「小塚原の獄門台の首に手を合わせたとき、恐怖におののいたような顔におやっとは思いましたが……」

初七日に千住回向院の供養塔の前で、高砂町のおせつから疑問を出されたことからはじまったと口に出かかったが、新吾は思い止まった。

どこか、次郎吉の雰囲気が違うのだ。

「最後の休憩に田原町の『能登屋』に入ったとき、いきなり侍に奥に連れて行かれました。何が起きたのかまったくわかりませんでした」

次郎吉は言い、

「宇津木先生、じつはあっしにあてがわれた隠れ家が霊巌寺の裏にあるんです。そこに行きませんか」

と、誘った。

「見張りがいるのではありませんか」

「今はいません。もうあっしを仲間として信用しているので」

「仲間として?」

新吾は複雑な気持ちになった。

「さあ、行きましょう。裏門から出たほうが近いので」

そう言い、次郎吉は先に立った。新吾はあとをついていく。

本堂の横を通り、植込みをまわって裏門に出た。

隠れ家はそこからすぐだった。一軒家だ。

戸を開けて中に入る。

部屋に上がる。庭に面した部屋に長火鉢があり、鉄瓶から湯気が出ていた。

「さっきまでここにいましたので」

次郎吉さんは長火鉢の前で新吾と向かい合うように座った。

「次郎吉さんは今回のこと、どう思っているんですか」

新吾は気になっていることをきいた。

「運命です」

「運命？」

「あっしはねずみ小僧として最期を静かに迎えるつもりでした。覚悟も出来ていました。それが、田原町の『能登屋』で一変したのです」

「……」

次郎吉の目がぎらついていた。

新吾は言葉を失った。助けられたことを喜んでいるのだ。

「次郎吉さんの身代わりになったひとがいるんです」

新吾はやっと口に出した。

「そうらしいですね」

次郎吉はなんでもないように答えた。

「そのひとの名前をご存じですか」

「知りません」

「辰助です」

「あっしにはどうでもいいことです」

新吾は唖然とした。

「以前の次郎吉は死に、新たにあっしは蘇ったのです。ですから、今は次郎吉じゃありません」

次郎吉は平然と言う。

「次郎吉さんを助けてくれたのは誰ですか」

新吾はきいた。

「それは言えません」

次郎吉は首を横に振った。

「あなたは、これからその人物のために働くことになるのですね」

「ええ。そのために獄門台から引き戻してくれたのですから」

「あなたには、ねずみ小僧としての矜持があったのではありませんか」

「ねずみ小僧は獄門になりました。もう、この世にいないのです」

次郎吉は冷笑を浮かべた。

「助けてもらって、よかったと思っているのですね」

「ええ。お天道さまの下を大手を振って歩けるのです。新しい自分がはじまるのです。生きる力が漲《みなぎ》っているのです」

「ねずみ小僧は死んだと仰いましたが、あなたを助けた人物は、あなたにねずみ小僧を期待しているのではありませんか」

「そうでしょう」

「あなたはもはや、全盛時のようなねずみ小僧の働きは出来ませんよ。よくお考えください。今年の二月に松江藩上屋敷に忍び込んで失敗し、そして五月に小幡藩松平家の中屋敷に忍び込んで失敗した。これはたまたまじゃありません。確実に、ねずみ小僧の動きに衰えがきているということではありませんか」

　新吾は畳みかける。

「あなたを助けた人物はあなたが全盛時のねずみ小僧のままだと思っている。ですが、違います。もし、その人物の命を受けた仕事に失敗したとき、あなたはどうなると思いますか。使い物にならないとわかったら、あなたはとたんに厄介《やっかい》な存在になります。世間をあざむいた張本人なのです。その人物にとって、あなたは脅威でしかないのです。獄門首のすり替えを、いつか誰かに話すかもしれない……」

「そうかもしれません」

次郎吉は口元を歪め、

「でも、確かに若い頃のようなわけにはいきませんが、あと二、三年はそれなりに動けます。それに、新たに忍び込むだけではなく、あっしは忍び込んだ屋敷の間取りはすべて覚えているんです。そのことも重宝されているんですよ」

と、自信を口にした。

「ねずみ小僧の矜持を捨てるのですか」

新吾は叱るように言う。

「ねずみ小僧は死んだのです」

「いえ、死んではいません。次郎吉さん、あなたはあなたです。あなたはねずみ小僧なのです。大名屋敷や大身の旗本屋敷を専門に金だけを盗んできたねずみ小僧は宗旨がえをし、ある人物の命令によって……」

「やめてください」

次郎吉は叫んだ。

「宇津木先生はわかっていない。首を刎ねられる恐怖を」

「……」

「あっしはいかにも悟ったように、清々しい気持ちで死んでいけると口では言ってましたが、ほんとうは死ぬのが怖かった。怖くて怖くてたまらなかったんです。ただ、ねずみ小僧の名は傷つけたくない。それと、あっしと関わりのあった女たちにも情けない姿を見せたくない。そんなことから虚勢を張っていたのです」

次郎吉は声を震わせて、

「だから、『能登屋』で身代わりが用意されていると知ったとき、あっしは小躍《こおど》りしました。地獄で仏とはまさにこのことでした。生きるためなら鬼にも蛇にもなります」

「次郎吉さんの口からそのような言葉を聞くとは思いませんでした」

新吾はやりきれないように言う。

「あっしはもともとそんな立派な男じゃありませんぜ。これから、今まで以上におもしろおかしく生きていきます」

「次郎吉さんは、生きていてはいけないひとなんです」

新吾は無情と知りつつ言い切った。

「残念です。友として生き続けてもらいたいと言ってくれると思ったのですが」

次郎吉は口元を歪めた。

「権力を持つ者が奉行所や牢屋敷を操り、世間をあざむく。決して許されるものではありません」

新吾は息を吸い込み、

「友として言います。ねずみ小僧の名を汚さぬように、どうか自らを処してください」

と、吐き出すように言った。

「宇津木先生、地獄に身を落としてでもあっしは生きていきます。先生が、おいねによけいなことを頼まなければ、こんなことにはならなかったんです」

次郎吉は険しい顔になった。

「そろそろ仲間が押しかけてくるのですね」

新吾はきいた。

「……」

「あなたの背後にいる人物があなたを私に会わせるわけがありません。私を始末するためにここに誘い込んだのですね」

「わかっていて、あっしの誘いに乗ったのですか」

「どうしても、あなたに会いたかったから」

「宇津木先生の推察どおり、あっしはあなたを殺すように頼まれました。もうここに来て四半刻（三十分）は過ぎましたね。そろそろ、踏み込んでくるはずです」

「やはり」

新吾は落胆した。

次郎吉は以前の次郎吉ではない。生きることに必死になっている地獄の亡者だ。

庭のほうでひとの気配がした。

次郎吉は立ち上がって障子を開けた。覆面の侍が三人、縁側を上がってきた。と、同時に隣の部屋からふたりの侍が襖を開けて現われた。

「宇津木先生。秘密を守るためには先生に死んでもらうしかないのです」

次郎吉は覆面の侍の後ろにまわり、

「さあ、殺《や》ってください」

と、声を張り上げた。

背後から襲われないように、新吾は壁を背にして立った。

覆面の侍たちは刀を抜いて無言で迫った。狭い部屋に五人の侍がいる。それでは刀を自由に操れないはずだ。

真ん中にいる大柄な侍が脇構えになった。右端の侍も正眼《せいがん》から上段に構えを移した。その不意をつき、新吾は右端の侍の胸元に飛び込み、足をかけて相手を倒し、と同時に刀を奪った。

他の四人はあわてて新吾の動きを追ったが、すでに新吾は縁側のほうにまわっていた。

侍たちは新吾が武士の子であることを知らなかったようで、驚愕《きょうがく》が覆面越しの目にも現われていた。

新吾は庭に飛び下りた。遅れて大柄な侍が追ってきた。

新吾は正眼に構えた。大柄な侍は強引に上段から斬り込んできた。新吾は相手の刀を弾いた。

他の侍も庭に駆け下り、新吾を囲んだ。

「誰の手の者か」

新吾は刀の峰を返して問いかけた。

だが、返事はなく、横から斬りかかってきた。新吾は踏み込んで相手の胴を峰で払った。低いうめき声を発し、相手はくずおれた。

再び、大柄な侍が上段から斬り込んできた。新吾は鎬《しのぎ》で受け止め、鍔《つば》迫り合いになったが、強い力で相手の刀を押し返し、さっと力を抜くと、相手は体勢を崩した。新吾は相手の右肩に刀の峰を打ち付けた。

骨の砕ける音がして、相手はのたうちまわった。

ふと、背後で悲鳴が上がった。ひとりの侍が倒れ、他の侍も後ずさりしていた。

「幻宗先生」

新吾が叫んだ。

「こっちは任せろ。次郎吉を」

幻宗が大声で言う。

「はい」

新吾は縁側へ駆け上がり、部屋で立ちすくんでいた次郎吉に向かった。

「次郎吉さん」

新吾はうらめしげに声をかけ、

「次郎吉さんが生きているとわかったら、奉行所や牢屋敷は大混乱を招き、世間は大騒ぎになりましょう。それを防げるのは次郎吉さんだけです」

新吾は諭すように言い、

「御法通り、次郎吉さんには死んでもらうしかありません」

と、迫った。

「どうか、ご自分で」

新吾は抜き身を次郎吉に差し出した。

「死ぬのはいやだ。宇津木先生、見逃してくれ。江戸を離れ、人里を離れて暮らすから」

「次郎吉さん」

「あんたは医者だ。医者がひとの命を奪おうというのか」

次郎吉は見苦しく叫んだ。

「一番悪いのはあなたを利用しようとした黒幕です。あなたはその犠牲になった。同情いたします。その上で、あなたには死んでいただくしかないのです。医者である前に、法の下で生きている者として、そして友として……」

新吾は言い、

「外に出ています」

と、体の向きを変え、縁側に向かった。

凄まじい殺気がして、新吾は身を翻した。次郎吉が振り下ろした刀が空を切った。

次郎吉は肩で息をしながら刀を持っていたが、やがてへなへなとくずおれた。

新吾は次郎吉から刀を取り上げ、

「次郎吉さん。私が代わって」

と、振りかざした。

次郎吉はわなわなと震えていた。

これがかつて一世を風靡したねずみ小僧か。

新吾はやりきれなかった。

だが、誰かがやらねばならない。

「次郎吉さん。覚悟」

新吾は刀を上段から斬り下ろそうとした。

だが、体が硬直して腕が振り下ろせなかった。何度もやり直そうとしたが、新吾の体はいうことをきかなかった。

「新吾、どうした？」

幻宗が声をかけた。

「出来ません」

新吾は悲鳴のような声を上げ、刀を落とした。

その隙をとらえ、次郎吉は奥に向かって逃げた。新吾は追うことが出来なかった。

「仕方ない」

幻宗はぽつりと言った。

やがて、岡っ引きが駆けつけてきた。庭には覆面の侍たちが倒れていた。

五

津久井半兵衛と升吉、そして高砂町のおせつには次郎吉が新吾を殺そうとしたことを話した。

新吾を襲った侍たちは奉行所に連れていかれたが、その後、奉行所は何ごともなかったかのように、全員を解き放った。

侍たちの口から次郎吉の名が出ることもなかったようだ。

その夜、小舟町の家に津久井半兵衛と升吉がやって来た。

客間で、ふたりと向かい合った。

「あの侍たちが誰の家来かわかったのですか」

「いえ、わかりません」

半兵衛は首を横に振った。

「わからないまま、解き放ちになったのですか」

「そうです」

半兵衛は眉根を寄せた。

「次郎吉さんのことは話題も？」

「ええ」

「大石さまはどんな感じですか」

「最近は不機嫌この上ないですね。すり替えが成功したままだったら、大手柄だったでしょうが、それが消し飛んでしまったわけですから」

半兵衛は溜飲を下げたように言う。

「それにしても、次郎吉には驚きました」

升吉は顔をしかめて、

「威風堂々と引き回しの馬に乗っていたのに、ほんとうは死ぬのが怖かったというのですから」

「ひとというのはそんなものだろう。それでも、あのまま首を刎ねられていたら、そんな弱気も他人には気づかれぬままに終わったのに」

　半兵衛は升吉の言葉を引き取って言う。

「せっかく死ぬ覚悟が出来ていても、いったん死を免れたら、生の欲望が強くなるんですね。次郎吉さんには残酷なことでした」

「次郎吉はいったいどうしているんでしょう」

「江戸を離れたかもしれませんね。知らない土地で、どうやって生きているか」

　新吾はあることも考えられると思ったが、口にはしなかった。

　それはひそかに黒幕のところに戻ることだ。だが、それはないような気がした。


　数日後、松江藩上屋敷からの帰り、新シ橋の袂で間宮林蔵が待っていた。

「間宮さま」

　新吾は会釈をする。

「次郎吉の件で騒ぎがあったようだな」

　林蔵がきいた。

「どうしてそれを？」

「鳥居どののことを調べていてわかった。鳥居どのの手の者が一時奉行所に拘束されたそうだ」

「鳥居忠耀さまですか」

「うむ。水野越前守さまに近づいている。水野さまの差し金かどうかわからぬが、わしの見るところでは水野さまも承知の上だ」

「そうでしたか」

「しかし、肝心の次郎吉は逃亡を図った。策士の鳥居どののことだ、ほとぼりが冷めるまで江戸から逃がしたとも考えられる」

「次郎吉さんはまた戻ってくると？」

「わからぬ」

林蔵は渋い顔で言い、

「ただ、今は次郎吉は鳥居どのの手の内にいない。それだけを伝えたくてな。では」

「ありがとうございました」

去っていく林蔵の背中に、新吾は頭を下げた。


次郎吉の行方がわからないまま、数カ月が経ち、天保四年（一八三三）になった。

新吾と香保の間に男の子が生まれた。難産だったが、健やかに育ち、香保の産後の肥立《ひだ》ちも順調だった。

二月に入り、新吾は家族全員で近所の八幡宮にお宮参りに出かけた。順庵も漠泉もうれしそうだった。

小舟町の家に帰ってきた。

新吾は伊勢町堀の堀端の柳の木の陰に網代笠《あじろがさ》に雲水衣《うんすいえ》を着、白い脚絆《きゃはん》に草鞋《わらじ》という格好の行脚僧《あんぎゃそう》が立っているのが目に入った。

あそこは次郎吉が捕まる前に、新吾が家から出てくるのを待っていたところだ。行脚僧は新吾のほうを見ていたが、いきなり反対のほうに歩きだした。

「先に帰っていてくれ」

新吾は香保に言い、行脚僧のあとを追った。

しかし、見失った。体つきが次郎吉に似ていたが、ひと違いだったか。

新吾は辺りに目を配りながら、日本橋川に出て小網町《こあみちょう》に入った。すれ違った職人風の男に行脚僧のことをきいた。

永代橋《えいたいばし》のほうに向かったという。新吾はそのほうに駆けた。しかし、永代橋までやって来たが、行脚僧の姿はなかった。

霊岸島《れいがんじま》へ渡ったのだろうか。

あの行脚僧は次郎吉だと思った。仏道に入り、修行僧としての日々を送っているのか。そのことを新吾に知らせるためにあの場所に立っていたのだ。新吾はそう信じた。

これでもう、次郎吉のことを考えるのはやめようと心に決めた。子どもも出来た。幻宗のような医者を目指し、自分も精進していかねばならないと、新吾は心を新たにした。

本作品は書き下ろしです。

双葉文庫

こ-02-36

蘭方医《らんぽうい》・宇津木新吾《うつぎしんご》
友情《ゆうじょう》

2023年10月11日　第1刷発行

【著者】
小杉健治《こすぎけんじ》

【発行者】
箕浦克史
【発行所】
株式会社双葉社
〒162-8540 東京都新宿区東五軒町3番28号
［電話］03-5261-4818(営業部)　03-5261-4840(編集部)
www.futabasha.co.jp（双葉社の書籍・コミックが買えます）
【印刷所】
大日本印刷株式会社
【製本所】
大日本印刷株式会社
【カバー印刷】
株式会社久栄社
【DTP】
株式会社ビーワークス

【フォーマット・デザイン】
日下潤一

ISBN978-4-575-67177-3 C0193
Printed in Japan

双葉文庫　好評既刊

罪なき子

小杉健治

多くの人で賑わう美術館のなか、二人の男女が凶刃に斃れた。逮捕された男は死刑囚の息子で死刑判決を望んでいる。社会から苛酷な仕打ちを受けてきた自分の命は、社会が責任をもって奪うべきだと主張するのだ。男の心の闇に興味をおぼえた水木弁護士が弁護を買ってでたのだが……。加害者家族に光を当てる社会派ミステリー。

本体六九〇円＋税